莫以宜春远

Mo Yi
Yichun Yuan

舒建勋 著

百花洲文艺出版社
BAIHUAZHOU LITERATURE AND ART PRESS

目 录 *mulu*

风

1

风

Feng

莫以宜春远

　　有朋友自远方来是一件很高兴的事，因而在向他们介绍市情时常常会禁不住读出"莫以宜春远，江山多胜游"的诗句，每每如此。现在想来还真有一种说者动容，听者怦然心动的感觉。我们秀丽的宜春山水也因了这几许厚重人文，让那些来自远方的朋友平添出许多向往之情。

　　这句诗是韩愈写的，他是唐朝的大文豪，文坛上的领袖人物。韩愈积极倡导古文运动，他文风雄奇奔放、风格鲜明，一扫汉魏以来的浮靡文风，从而成为"唐宋八大家"之首。今天我们经常说到的"业精于勤，荒于嬉；行成于思，毁于随"就是他留下来的至理名言。

　　当年他的同科进士，翰林学士王涯贬为袁州刺史，韩愈写了两首诗在长安灞桥为他送行。其中一首是这样写的："淮南悲落木，而我亦伤秋。况与故人别，那堪羁宦愁。荣华今异路，风雨昔同忧。莫以宜春远，江山多胜游。"这首诗虚词用得好，典故用得活，叙述友情和劝勉友人，皆能情真意切，历来被诗家视为上乘之作。相比"初唐四杰"之一王勃的名句"海内存知己，天涯若比邻"，在意境上还要显得更加丰富，情感上还要显得更加动人。诗的最后两句意思是这样的：您不要以为宜春偏僻遥远，那里有着许多美丽的传说，民风淳朴，风景如画。今天我们生活的时代通讯发达，交通便利，可能很难理解诗中所指的宜春，在地理位置上是如何的偏远，而在一千多年前的人们却都认为，除了中原大地适宜于人类居住以外，其他的地方都是蛮荒之地，远隔京城数千里的宜春当然也不例外。韩愈选在灞桥为好友送行，因为古代这里是出长安的必经之路。当年那些失意的与得意的，留守的与调迁的，豁免的与发配的，多少离情别绪使得这里沉积了人们太多的离愁别怨、太多的冷暖炎凉和太多的抱负才情，也使得这里成为朝与野、庙堂与江湖的一个拐点，因而它被称为中国文学史上情感最柔软的地方。灞桥两岸有很多垂柳，非常有名，微风吹过垂柳依依，"柳""留"谐音，触景生情，在此送别，不由得让人更添伤感。韩愈折柳赠别，既表达依依不舍的情感，也寓意人去他乡，宛如柳木随遇而安，发展壮大。他在这里以诗赠友，劝勉友人，表现出了一种乐观通达、积极向上的人生态度。

历史似乎对韩愈开了一个很大的玩笑。就在他送别王涯贬放袁州的十二年之后，也就是唐元和十四年（公元819年），时任刑部侍郎的韩愈因上表力谏宪宗皇帝迎佛骨也同样遭到了贬谪。他先被贬潮州，次年正月量移袁州。唐朝时，因罪远贬的官吏遇到特赦而调迁近处任职叫"量移"，相对于潮州，袁州距离长安就近多了。这样，当年王涯的贬谪地袁州也就成了他韩愈的贬谪地之一。皇命不可违，韩愈必须在规定的期限内到达指定的贬谪之地。他被贬出京不久，家眷也被赶出了京城，年幼的女儿也病死在他贬谪途中的驿道旁。有政治抱负却无以施展，怀一腔热血却惨遭冷遇。这种仕途上的挫折，以及家庭的不幸一起降临在他的身上。他当时的心境之苦，我们可以通过他在贬谪途中写给他侄孙的一首诗来体会，也就是他在过蓝关时写的那首至今仍然脍炙人口的诗。诗是这样写的："一封朝奏九重天，夕贬潮州路八千。欲为圣明除弊事，肯将衰朽惜残年。云横秦岭家何在？雪拥蓝关马不前。知汝远来应有意，好收吾骨瘴江边。"蓝关是秦岭深山中最负盛名的地方，是当时通往荆楚最接近长安的一段险道，雄伟险峻，崎岖艰险。仕途上遭遇挫折之人，心情本来就沉郁悲凉，又遇家门不幸，此时的韩愈面对高山险道触景生情，更是愁苦凄哀。今天我们读这首诗，依然可以感受到那充满在字里行间高寒幽暗、荫蔽凄凉的诗韵。

然而，挣扎在苦难命运旋涡里的韩愈，却以传统文化积极入世的精神，在几个月的袁州刺史任期内，开启了他一生中最精彩的人生片段，赢得了历代袁州人的景仰与缅怀。

当时的袁州，由于地处偏僻，文化落后，买卖人口，学校不兴，弊政陋习极多。韩愈到任后不像其他贬官那样寄情山水，酒后小诗，也不以宜春地处偏远而懈怠政事，而是积极把中原大地的先进文化带到偏远落后的宜春，以戴罪之身兴利除弊，造福当地。他在袁州为官只有九个月，时间很短，却实实在在地办了几件事情，政绩卓著，以至于千年后的人们对此依然赞不绝口。第一件事是解放奴婢。当时的宜春，不少人由于欠债还不起，只好去充当债主的奴婢来抵债。韩愈到任后通令各地，改掉旧习，凡抵债奴婢一律放回到父母身边，所欠债务一笔勾销，共解放奴婢七百三十二人。后来他应召回朝官拜朝散大夫，还"奏乞以在袁州放免佣奴之法，推之天下，著为令"。第二件事是大兴书院。韩愈十分重视文化教育事业，一到宜春就大力兴办书院，倡导务实文风。韩愈是著名的文学家，文章写得很好。他在赴袁州的贬谪途中，得知友情笃厚的柳宗元去世消息后所作的《柳子厚墓志铭》，顿挫盘郁，被视为墓志铭文范本而选入《古文观止》。在他的带动和影响下，袁州大地文风昌盛，出现了像卢肇、易重、黄颇等一批学有成就的学子。唐朝时江西共出过两位状元，即卢肇和易重，都是袁州人。今天的宜春城内还有状元洲、重桂路、黄颇路这样的地名。也正是因为韩愈的影响，唐朝中后期，袁州读书风气浓厚，人才辈出，先后考取进士三十多位，赢得了"江西进士半袁州"的美誉。五代诗人韦庄曾在他的《袁州作》中用"家家生计只琴书，一郡清风似鲁儒"对当时的袁州进行了生动描述。韩愈到任那年，恰遇袁州春夏大旱，民不聊生，他亲率府衙官吏士绅到城外的仰山祭天祈雨。这篇祭文不长，却声情并茂，凝练精当，今天读来依然朗朗上口。尤其是文中那句"若守（指韩愈自己）有罪，宜被疾殃于其身；百姓可哀，宜蒙恩悯，以时赐雨！"韩愈大旱面前不抗旱而劳师动众跑到城外去求神祭天，自然有他的时代局限性。但单纯从这篇祭文的字里行间，韩愈为了祈雨，宁愿神灵降罪于个人，其为民之心溢于言表，让人看到了一位封建士大夫的献身与担当，难能可贵。

人们说，桥的价值在于能够承载，人的价值就是在于能够担当。古往今来，担当历来是评价一个人的重要尺度。担当是什么？担当就是责任，就是奉献，就是勇气。大到一个国家一个民族，小到一个单位一个家庭，概莫如此。晚清名臣，中国近代化建设的开拓者曾国藩临终前总结自身人生经验和成功心得，口授学生写下了压案之作《挺经》，挺就是担当，担当须实干，这是曾国藩几十年人生的深刻总结。从一定意义上说，人生就是在有担当中成长，在敢担当中前行，在能担当中辉煌。因为有了担当，我们人生才尽显大气与豪迈；因为有了担当，我们家庭才拥有和谐与温馨；因为有了担当的脊梁，我们的社会才能谋得天下福祉。诸葛亮"鞠躬尽瘁，死而后已"，他用担当促成了三国鼎立的局面；林则徐"苟利国家生死以，岂因祸福避趋之"，他以一己之力担当起国家存亡的责任；韩愈"若守有罪，宜被疾殃于其身"，他以强烈的担当精神挺身而出。担当既代表着"在其位，谋其政"的履职尽责，也体现着"先天下之忧而忧，后天下之乐而乐"的宽阔胸怀，还代表着"知其难为而为之"的执着理想和勇气。庙堂之高，江湖之远，千里之外的韩愈以戴罪之身积极担当，体现出一种朴素的民本情怀。

韩愈量移袁州几个月的时间，政绩卓著，散文写作颇丰。除去一些应制公文外，后人在整理他的年谱时，收列了他在唐元和十五年所写下的散文共计二十三篇，其中他在袁州期间就写了二十一篇，包括《祭柳子厚文》《南海神庙碑》《新修滕王阁记》和《祭湘君夫人文》等。读过中国文学史的人都知道有"杜诗韩文"一说，杜诗，指的是唐代诗圣杜甫的诗，韩文则是指韩愈的散文，这里当然就包括了他在我们袁州所写下的这些名篇。韩愈贬放袁州，并不因为袁州地处偏远而不为，他在积极兴利除弊的同时，还对当地的历史文化发展产生积极影响。重情重义的袁州百姓为了表达对韩愈的敬仰，立韩文公祠祀之，进而扩建为"昌黎书院"，如今又在公园的绝佳位置修建了气势雄伟的昌黎阁以为纪念，韩愈赢得了不朽的生前身后名。

莫以宜春远，江山多胜游。一位被朝廷贬谪的官员从这里匆匆走过，犹如那划过天际的一颗流星美丽耀眼，虽然短暂，却给人们留下了许久的美好记忆。

大师的情怀

作为乡贤，吴有训是值得我们骄傲的。这不仅仅因为他是一代物理学大师，还有他在治学过程中被人们所公认的那种勤奋、谦逊、学识与情怀。

九十多年前，美国物理学会第135届年会专门选在芝加哥大学吴有训的实验室召开，一个重要议题，就是听取吴有训关于康普顿效应方面的论文。本来这场报告他想由他的老师康普顿来宣讲，但老师坚持要他讲。在此之前，还没有一位华人登上过这个讲台。康普顿是美国著名物理学家，吴有训在美国芝加哥大学时的老师。康普顿效应就是以他老师名字命名的一种通过光子理论发现的物理现象。

康普顿效应的发现是量子力学的重要奠基发现，具有伟大历史意义。这首先是他的老师康普顿发现，但吴有训是关键的一人。这是因为当初康普顿发现这个效应时只涉及一种物质，且只限于某一种特定条件，因而他这个观点一经提出就在学术界遭到了人们的普遍怀疑和非难，有人甚至在理论上对此公开提出了挑战。客观地说，由于受当时条件限制，康普顿很难说明这个效应的普遍意义，既然如此，科学界持怀疑态度也就是顺理成章的事了。为此，吴有训把学习研究的主攻方向确定在论证康普顿效应的普遍适用性上面。在论证这个理论观点的准备过程中，他凭借自己的智慧和才华，设计并制定了最佳实验配置方案，整个实验过程使用的不同样品材料多达十五种。最终，吴有训用自己精湛的实验技术和卓越的理论分析，使这些验证工作不管是在精密度还是在可靠性方面都做到了无可挑剔，无懈可击，非常圆满。实验出来的结果无一不与康普顿发现相吻合，从而形成了对这个理论广泛适用性的强有力证明。在此期间他所做出来的光谱图，被后人视作说明康普顿效应的经典插图广为引用，且被人们沿用至今。与此同时，他还用当时学术界公认的实验方法、精确无误的实验结果消除了来自美国物理学界对康普顿效应的质疑。

康普顿是幸运的，他发现的这个效应通过吴有训的艰苦努力被验证以后，他本人以这项理论成就获得了1927年诺贝尔物理学奖。吴有训虽然不在授奖之列，但他对康普顿效应以及对量子力学的贡献，使得他成为公认的首位对世界现代科学做出了重大贡献的华人科学家。为了表示对吴有训在这方面所做巨大贡献的褒奖，后来的人们还曾将康普顿效应改称为康普顿-吴有训效应。然而，他却始终认为自己只是康普顿教授的学生，在学术成就上从来都不把自己与康普顿相提并论。吴有训在名利面前表现出来的这种谦逊，十分难能可贵。谦逊是一种美德，是我们人生进取的前提，事业成功的基础，是人生从优秀走向卓越的重要前置条件。"满招损，谦受益"。作为一位年轻的中国科学家，吴有训的乐观大度，彰显出了他那虚怀若谷的豁达胸襟和我们伟大民族优秀传统的人格魅力，为后人留下了一份十分宝贵的精神财富。

在现代物理学史上，康普顿效应占据了一个极端重要的地位。吴有训在其中不仅验证了这个理论，而且用精确的实验发展了康普顿理论。其他研究过这方面的人，包括康普顿本人都认为，他们所采用的方法和所得出的数据准确度都不及吴有训的细致和可靠，从而引起了美国物理学界对吴有训的高度关注和重视。在1926年6月美国物理学会召开的第140届会议上，他一个人就宣读了三篇论文。这时的吴有训已经成为一位众望所归的科学家，一颗冉冉升起在世界物理学界星空的耀眼明星，备受推崇。

然而，科学无国界，但科学家有祖国。此刻正处于事业巅峰的吴有训怀揣赤子之心，充满了对祖国的不尽思念。这种思念既痛苦又幸福，痛苦是远离了祖国和亲人，幸福是因为拥有一个伟大的祖国。就像著名诗人艾青在他的《我爱这土地》当中所表述的那样："为什么我的眼里常含泪水？因为我对这土地爱得深沉……"正是这种富有凝聚力和向心力的祖国情怀牵动着吴有训的心。毕竟，他是生在中国，长在中国，祖国永远在他心中。吴有训的性格天生坚定顽强，理想远大而执着，这种可贵的性格和高远的追求，使他几乎在完成对康普顿效应这项伟大发现的同时，也完成了自己对人生意义的发现。他悄然打点好行装，婉言谢绝了老师以及美国物理学界的挽留，怀着报效祖国的赤子情怀踏上了归途。

回国后，他在清华大学建立起中国第一个近代物理研究实验室，开创了中国物理学研究的先河，被称为中国物理学研究的"开山祖师"。上世纪二十年代末，我们国内物理学的研究工作还仅仅处于起步阶段。作为一个重要标志，吴有训在英国《自然》杂志上发表了他回国后的第一项研究成果，这是中国物理学家立足于国内，最早在国际权威科学刊物上发表的论文之一。以此为起点，他在后来的几年当中对诸多物理问题进行了一系列理论探索，并取得了重要研究成果。同时，他本人被德国自然科学院推举为院士，成为西方国家授予中国院士称号的第一人。

吴有训不仅是一位杰出的物理学家，而且还是一位杰出的教育家。自1926年起，吴有训辗转任教于南昌、上海、南京和在北京的清华大学，在长达二十余年的教学生涯中，他以渊博的学识、科学的方法和丰富的经验为我国培养了一代又一代物理学家，为后辈留下了许多可资借鉴的教育实践经验。他的学生钱三强、钱伟长、邓稼先、杨振宁、李政道等个个如雷贯耳，学有所成，先后都成为国内外著名的科学家。我最近看到一个资料介绍说，当年我国的第一颗原子弹爆炸成功后，他随国家领导人一起接见参研人员，周恩来总理请他讲话。望着一张张熟悉的面孔，他在这样一个庄重而又神圣的场合脱口而出称呼"同学们"，但马上意识到这样的称呼不合时宜，随即改称"同志们"，而这些被接见的"同学们"听到老师熟悉的称呼都禁不住热泪盈眶。他们知道这称呼上的一字之差，饱含着眼前这位老师的多少欣喜和期盼，体现出一种师生间深厚感情的心境与情怀。这份情怀，是一种不计较个人得失的视野，不计较名利地位的胸襟，是一份对事业执着的坚守与奉献。站在一旁的周总理明白了个中奥妙，忙要吴有训不必改变称呼，总理说："这里只有你有资格使用这个称呼，这是你的特权！"

吴有训，高安荷岭人。他的名字从论证康普顿效应那一刻起就流传于世，迄今已近百年，这是他用青春才华和赤子情怀换来的荣誉。作为中国现代历史上第一代物理学家中的佼佼者，我国近代物理学的奠基人，他的大师情怀就像以他名字命名的物理奖那样，成了中国科学史上一块永远的里程碑。

惟对孤悬报国心

明朝将军邓子龙戎马倥偬，抗倭御缅数十年。戍边云南时他曾以"七千里外边城月，惟对孤悬报国心"表明心迹，在朝鲜半岛露梁海战中不辱使命，以身殉职，用鲜血与生命书写出了他人生的精彩篇章。

邓子龙是丰城杜市人，明朝杰出的抗倭将领，民族英雄。

倭寇是明朝自始至终存在的海外祸端之一。早期的倭寇主要由日本武士、商人和海盗组成，经常骚扰我国东南沿海。明朝嘉靖之后由于朝政腐败，军备废弛，倭寇在福建沿海烧杀抢掠，无恶不作，为祸惨烈。明王朝内忧外患，由盛转衰。邓子龙就生活在的这个历史时期。随着福建沿海倭患愈演愈烈，刚刚通过武举成为一名武举人的邓子龙，被作为江西客兵派往福建，十余年来转战瓯越沿海，平息了东南沿海的倭患，历经百战，累积赫赫战功。接着他又奉命率军开赴云南戍边御缅，前后十二年的时间，指挥了无数的御缅战斗，威名大震，先前依附缅甸的都纷纷归顺了明王朝，万历皇帝为此还专门到郊庙告谢。

明朝万历年间，朝鲜半岛发生了一起轰动世界的历史性事件，史称"壬辰倭乱"，又叫万历朝鲜战争。这场战争由日本派兵入侵朝鲜引起，企图侵占朝鲜，征服中国，进而改变整个东亚的政治格局。战争刚开始只用了两个多月的时间，日本侵略军就先后占领了汉城、开城和平壤，朝鲜面临着亡国的危险。在朝鲜国王的请求下，明朝出兵援朝。年近古稀、解甲归田的邓子龙就是在这样的危难之际重新被朝廷起用，应诏任副总兵统帅水军出征朝鲜的。在抗倭援朝战争中，中朝两国水师同日本水师在朝鲜半岛露梁以西海域进行了一场大规模的海战。这次海战使得日军精锐部队消耗殆尽，击沉日舰四百五十余艘，击毙日军万人以上，最终以中朝的胜利、日本的失败而告终。露梁海战是万历朝鲜战争中的最后一场海战，这场海战对战后朝鲜两百年和平局面的形成起了重要作用，成为世界海战史上的著名案例。

露梁海战中，中朝两国水师并肩作战，统一指挥，密切配合，英勇善战。邓子龙担任前锋，督水军千人战舰三艘，隐伏于露梁津海峡。当日军进入伏击海域时，他迅猛出击，断敌退路。一时间炮鼓齐鸣，山海同撼，战旗猎猎，同仇敌忾。然而，战争进行得非常惨烈。在狭小的港湾里，火枪火炮施展不开。邓子龙的座舰被日船包围起火燃烧，抱定必胜信心和与敌人同归于尽的勇气，他率领水兵跳上甲板与日军展开白刃战。由于众寡悬殊，邓子龙在激战中以身殉职。在旗舰刚起火燃烧时，邓子龙的部下随即请他放弃此船，转乘小艇到安全的地方。精忠耿耿的邓子龙大义凛然，视死如归，慷慨激昂地对舰上官兵说："此船即我所守之土，誓死不退！"掷地有声的话语，气贯长虹。话音未落便身先士卒，直至力战而亡，令全体官兵无不动容，个个杀敌奋勇争先。邓子龙在露梁海战以身殉职，令人唏嘘不已、惋惜悲伤，更令人激动感奋。他和抗击倭寇的明朝将士一起，谱写了可歌可泣的历史篇章。邓子龙殉职后朝鲜国王参加丧仪，"行致祭礼"，并为之立庙，世代祭祀。明皇帝朱翊钧下诏嘉奖，邓子龙遗体归葬故乡。邓氏族人每逢他的生日和忌日都要在家庙进行祭祀活动，且沿袭至今，极尽哀荣。

　　天地有正气，杂然赋流形。自古以来，那些马革裹尸，血洒疆场，慷慨就义的仁人志士一直为人们所崇敬。"此船即我所守之土，誓死不退！"时至今天我们读到这惊天地、泣鬼神的豪言壮语，依然可以透过海战的炮火硝烟，强烈感受邓子龙以身殉职的毅然决心，折射出他以全部生命之火锻造出的忠烈之魂。这种情感，就像林则徐"虎门销烟"那样坚毅，岳飞"还我河山"那样坚定，文天祥"留取丹心照汗青"那样坚贞，让人深切地感受到民族英雄在生死面前的英勇气概。这种英勇气概，体现的不仅仅是邓子龙的心志、胸怀与使命，更是他对人生价值的一种追求。他那气吞山河的言辞，可歌可泣的壮举，成为人们奋发向上的动力和源泉，让人志存高远，永不懈怠。邓子龙"守土"置生死于不顾，忠义可嘉。"守土"是什么？"守土"就是责任，就是担当，就是付出，就是奉献。历史上无数仁人志士在大敌当前、民族存亡的危难关头不惜抛头颅，洒热血，献出自己的生命。这种为国分忧、为国奉献的情怀，铸成了我们伟大民族至高无上的品质与灵魂。

邓子龙不但是一位民族英雄，而且善书法、好吟咏，文武兼备，是一位儒将。如今走近邓氏家庙还能看到他自题的"月斜诗梦瘦，风散墨花香"手迹。他著述的《横戈集》，收录诗作两百多首。不少诗篇描写抗倭御缅的浴血奋战场面，抒发对祖国壮美山河的赞美。他青年时期抒发胸怀抱负的"磨就青蛇斗气雄，神光长射曲江东；张华去后无消息，千百年来起卧龙"，还有他在云南戍边所作《看山亭立夏雨霁》："喜上虚亭坐夜深，长歌解田酒频斟。山腰拥出半天雨，洞口欢呼满地金。压幅惊人迷野白，好峰穿照落松荫。七千里外边城月，惟对孤悬报国心"，历来被诗家视为上乘之作。他每遇登临题材的作品，并不刻意于模山范水，更在意于触景生情，托物言志。他的咏怀感兴之作，并不重视含蓄衬托，常是那种"丈夫开口即见胆"的率真风格。律诗言简意赅，对仗工整；绝句凄厉高亢，明白如话，在明朝诗坛上占有重要地位。他曾在铜鼓石上凿刻"潘周过化"，又刻"试剑"二字。他对天文地理、礼乐典章、河渠边塞、战阵攻守均有研究，著有《风水说》《阵法直指》等大作传世。

邓子龙金戈铁马，南征北战数十年，不知几死。他珍惜生命，更珍惜他的职责与使命。时至今日，他那不辱使命的英雄气概依然被中韩两国人民所敬仰。

长夜流风

　　自汉代以来在苏州两千多年的历史上，有很多名垂青史的太守和知府，但多数是因为他们或诗词或歌赋有建树，真正以治理苏州成绩斐然而留名的，在我看到的资料中只有况钟一人。他任苏州知府期间除奸革弊、勤政廉政，堪称一代廉臣。数百年来，他的流风余韵在让人们长久景仰的同时，也给人们留下了不尽的思索。

　　后来我知道这位廉臣是我们靖安高湖人，知道了他在苏州三次离任三次被留任的故事。他在苏州为官十三年，替当地老百姓办了不少好事实事，最后积劳成疾病逝在任上。再后来我又看到了以况钟为主人公的昆曲《十五贯》。剧中那委婉动人的唱腔，引人入胜的表演，使得我们这位乡贤严惩贪吏、扶助良善的形象在心目中愈发鲜活起来。时至今日，依然被它的艺术魅力所感染。

　　昆曲是一门古老剧种，代表了我国古典戏曲艺术曾经达到的最高艺术成就和品位。它那细腻的音乐线条，悠远的精美乐章，让人有一种穿越时空隧道，走近古老文明的深切感受。后来兴起的任何一个戏曲剧种，包括被称为国粹的京剧无不以它为宗。文学史介绍说，我们中华民族在艺术文化充分成熟之后曾经有过几种群体性的痴迷现象：一是诗歌，二是书法，再就是昆曲了。诗歌和书法的群体痴迷现象虽然兴盛，但不会出现万人空巷的场面，而昆曲却做到了，因为它优雅、从容与高贵。它圆润柔媚的唱腔，悠扬徐缓的笛声，给人们留下一种淡定从容和清雅婉丽的美，是当之无愧的世界非物质文化遗产。就像希腊人有悲剧，意大利人有歌剧，俄国人有芭蕾一样，中国诞生并成熟了昆曲。为了纪念况钟这位声誉卓著，将毕生精力、智慧和汗水播撒在苏州大地上的知府，苏州人在用传统形式祭祀的同时，还用这种代表着最高艺术成就的昆曲来颂扬他。剧本被译成了多国文字，这位品德高尚、操守稳健、智慧不凡的清官廉吏伴随着沉稳、浑厚而又悠扬的长笛余韵留在了人们心中，走向了世界。

《十五贯》的剧情并不复杂，说的是赌棍娄阿鼠因偷盗十五贯钱而杀死肉店主人尤葫芦，无锡知县主观臆断尤的继女和同路人是凶手。时任苏州知府的况钟在复查这起案件时发觉罪证不足，决意微服私访，为民请命，伸张正义，最终案情大白。全剧紧凑有趣，雅俗共赏。在剧中，艺术家们通过对人物性格塑造，将广大观众的思考和人物命运紧紧地交织在一起，传递出一种对济世安邦的政治理想的追求，对民本意识的坚守以及对腐败政治和无序社会痛恨的传统人文精神。

我们现在说上有天堂，下有苏杭，而当时的苏州却被认为是明朝最难治理的一个地方，豪强污吏相互勾结，百姓赋税繁重，生活困苦，流离失所。况钟刚到苏州知府任上的时候，当地经济极度萧条，百废待兴。当时他面临着三种抉择：一是以保官为先，吟诗把酒逛花楼，做一个圆滑世故的官员；二是辞官归家，安守田园，免得"为五斗米折腰"；再就是身在朝堂，君子本色不改，殚精竭虑为苍生谋福利。他选择了后者。是植根于儒家文化的忧患意识和社会责任浸透了他的心灵，还是踌躇满志的况钟一时冲动，答案对于今天的我们来说已经不重要了，因为况钟已经把他的音容笑貌和身影深深地印在了苏州大地上。

出身贫寒的况钟，自幼就将修身齐家治国平天下的信念内化于心，建功立业的价值观念更被他视为人生最大的追求。到任后他从整肃吏治、端正风气着手，清理冤狱，惩恶扬善。资料显示，况钟到苏州后，当地的官吏态度傲慢，巧言惑众，很看不起他。况钟佯装不懂，暗中访贤士、查隐情，把豪绅滑吏相互勾结之事摸清楚后即对不法官吏予以坚决打击，民众拍手称快。他上任伊始就排了一个工作日程表，每天勘问一个县的案情，周而复始，从不间断。几个月下来，经他审理过的案子无论大小，据说能基本做到百姓不叫冤枉，土豪不敢再为非作歹。他在任苏州知府期间敢于担当，开展了一系列行之有效的改革，其中他积极推行的赋役制度改革，在抑制豪强兼并和均平民众赋役、扩大货币流通领域、削弱人身依附关系、促进商品经济发展等方面具有非常积极的意义，在一定程度上催化了资本主义经济萌芽。他这项行之有效的改革，为后来张居正实施著名的"一条鞭法"提供了样板。晚于况钟一百多年的张居正是明朝内阁首辅，针对明朝积弊，张居正在朝廷上下极力推行"一条鞭法"，从一定意义上总结推广了况钟当年治理苏州时的经验。今天，我们以一种历史的视野来看张居正推行"一条鞭法"改革，毋庸置疑，它在我国赋税制度史上具有非常重要的里程碑意义，而作为此项改革的先驱，况钟当之无愧。怪不得许多国外汉学家都把况钟列入改革家的行列，评价他是"干练的行政官和财政专家"。显然，这样的评价比仅仅从他个人的品德来评价更能体现况钟治苏的历史功绩。况钟在苏州还做过一件有影响的事，就是清理漕运。所谓"漕运"，是通过京杭大运河把江南生产的粮食运到京城，除食用外，当时朝廷官员薪俸和士兵供给也主要是靠这些粮食，因而又叫漕粮，这是历史上一项非常重要的经济制度。当时京杭大运河是朝廷的交通命脉，而恰恰那时漕运管理状况十分混乱，民众负担十分沉重，漕运能否及时畅通事关朝廷大局。经过认真考察，况钟提出的应对方案使整个漕运很快进入了规范管理，由乱变治。此外，他还做了兴修水利、兴办学校、推荐贤才等造福一方的好事，况钟以其精敏干练的作风革除了当地时弊，促进了苏州社会经济向好发展。

况钟所处的时代，东西方文化开始交流和融合。出现在意大利的文艺复兴使欧洲社会呈现出空前繁荣的景象，而此时明朝的传统工商业经济也得到了发展，包括资本主义在内的新的经济因素已开始萌芽。况钟因势利导，顺势而为。苏州府在他的治理下井井有条，不仅粮食丰收，丝、棉等手工业也日益兴旺，进而带动了周边一些小城镇的逐步形成，促成了江南地区经济的繁荣发达。当时苏州所创造的财富总量远远超过了周边州府的规模，成为明朝经济最活跃、商业最繁华的经济文化大都会。在此期间，有一种最能体现当地经济发展水平和富庶程度的私家园林建筑悄然兴起，遍布苏州古城内外。当今被联合国教科文组织列入世界文化遗产的苏州园林中，即有那个年代建造的。这些园林设计精巧别致且文化内涵丰富，曲径通幽，给人一种温婉与宁静的感觉，成为今天苏州这座历史文化名城的靓丽名片。

况钟在众多文艺作品中的艺术形象，代表着一种清廉正直的道德力量，体现了我国古代社会中清官惩恶扬善的人格智慧和精神品质，具有不朽的艺术魅力。在明朝官场上先后有两位赣人很有名，一位是况钟，另一位是严嵩。况钟出身贫寒，虽然做官多年却没有添置过田产，死后财产也仅是书籍薄产而已。严嵩同样出生于寒士家庭，幼时聪慧，为官权倾一时，在被朝廷抄家时仅黄金就抄出3万多两。况钟、严嵩两人虽然都在朝为官，而形象却截然相反，一个清廉一生，流芳百世；一个享尽富贵，却令人不齿。两人一清一浊，一正一反。古往今来，历史上许多有作为的官员都是以关心百姓疾苦为己任，从范仲淹的"先天下之忧而忧，后天下之乐而乐"到郑板桥的"些小吾曹州县吏，一枝一叶总关情"；从杜甫的"安得广厦千万间，大庇天下寒士俱欢颜"到于谦的"但愿苍生皆饱暖，不辞辛苦出山林"，都充分体现出一种强烈的民本思想和务实精神。他们或恪尽职守，廉俭自律；或敢于直谏，不计名利。虽然政绩各有不同，但他们的胸襟抱负、济世情怀和积极的人生态度都得到了老百姓的认可与褒奖。作为一个正直清廉的封建官吏，况钟力图兴利除弊，力求百姓安居乐业，被老百姓称颂为"清官"。所以每当他任满离开苏州时，百姓都自发地攀辕卧辙。况钟病重期间，当地百姓为他祈祷，去世之日郡民罢市如哭私亲，灵柩归葬时苏州城里万人空巷，长歌当哭，百里相送。况钟身后，苏州的府县都先后建祠祭祀。

况钟不仅勤政爱民，而且生活俭朴，廉洁无私，不敛财、不聚财。那个时代的地方官进京朝见势宦权贵，都要带上当地的珍宝和特产，而况钟却是两袖清风。他的下属念及他一贯清廉，主动替他准备好土特产进京，况钟知道以后赋诗相拒，"检点行囊一担轻，长安望去几多程"，"两袖清风去朝天，不带江南一寸绵"。这里所说的"绵"是"丝绵"，苏州是丝绸之乡，绫罗绸缎和各色绢纱在当时的市场上随处可见。这里还有一种叫"云锦"的纺织品，绚丽多姿，灿若云霞，用于制作衣物极其高贵，是京城皇亲贵族喜欢的奢侈品。然而贵为知府的况钟却是一担行李，两袖清风进京城，这是一种何等的清廉与正气啊！寥寥数语，一股渗透于况钟性情、弥漫于他眉宇的凛然正气跃然纸上，令人肃然起敬。

况钟的后人全部在老家耕读为生。他坚守"非财不可取，勤俭用不竭"的信念，身后没有给儿孙留下什么物质财富，这些在今天一些人看来似乎都蕴含着一缕凄怆。他曾以一首《勉子侄诗》来表明心迹："存心立品贵无差，子孝臣忠两尽嘉，惟有一经堪裕后，任贻多宝总虚花"。这首诗通俗易懂，言辞恳切，引起不少人的共鸣。晚清民族英雄林则徐也有一句类似的名言："子孙若如我，留钱做什么？贤而多财，则损其志；子孙不如我，留钱做什么？愚而多财，益增其过"。给子孙留什么，的确是一门学问。"播下龙种，收获的却是跳蚤"。那种对一餐饭、一杯茶的美感陶醉，对一炉香、一块玉的摩挲把玩，对内心欲念不屑于节制的逸乐，以及对自己弱点与缺陷的宽容等等，值得天下为父母者深思。爱子之心人皆有之，殊不知，把简朴、简单、简洁乃至简陋当作一种生活方式与生活态度，让儿孙拥有一种自立自强的精神和能力最重要，"造财不如造才"、"留钱莫若留贤"。人们常说性格决定命运，这是因为一个人的性格会决定他对事物的不同态度，从一定意义上说，遇到问题时谦虚的人会选择谨慎，冲动的人会选择感情，聪明的人会选择长远，不同性格的人处理问题往往会得出不同的结果，从而产生出不同的人生境遇，或精彩，或浪漫，或沮丧……

生活中，人们往往会用浩如烟海来形容史料的繁杂，用往事如烟来感叹岁月的流逝，然而并非所有历史往事都会如此轻易地如烟消散。大音希声，大象无形。一代廉臣况钟的流风余韵就像昆曲中的胡笳长笛，既轻又柔且余音绕梁，不绝于耳，那似远似近的悠扬笛声伴随着时光的流淌，久久温暖和滋润着人们的心田。

春与青溪长

　　盛唐诗人刘眘虚是我市历史上的一位文化名人，隋唐开科取士以来最早的宜春籍进士，比卢肇、易重、黄颇等金榜题名还要早一百多年。然而，当我们穿过岁月风尘细细寻绎他的那份清淡静谧诗境时，才发现这个极少被提及的名字，在岁月的沉淀下处在了一个被遗忘的记忆里。

　　其实他不应该如此，以他的才情和文名，他应该具有他的应有地位。

　　生于奉新上富的刘眘虚，辞官后在靖安水口的桃源村生活且在此终其余生。在中国文学版图上，两宋时期的江西文学大放异彩，大家辈出，这是因为早在盛唐我们江西就与中原文化、主流文学呈现出交流融合之态，刘眘虚就是其中的杰出代表。南宋诗论家严羽把他与王勃等"初唐四杰"，以及王维、陈子昂、韦应物等一并称为大名家。在当时，刘眘虚的文名被人赞赏有加，同时代的殷璠在《河岳英灵集》这个集子里对他更是推崇备至，可以"杰立江表"。这个集子是公认的唐人选唐诗中较为突出的选本，入选条件非常严格，收录的二十四人被誉为"皆河岳英灵"，是盛唐诗人中出类拔萃的人物。在这里编者又将二十四人分列上中下三品，刘眘虚列卷上李白、王维等人之后，位居第四。他写的诗，首首精致耐读有韵味，历来被诗家视为上乘之作。刘眘虚与同时代的孟浩然、王昌龄友情很深，常有唱和，三人诗风亦多相似。反映他与孟浩然友情的《暮秋扬子江寄孟浩然》就是刘眘虚在京口游历时思念孟浩然的作品。孟浩然是唐代著名的山水田园派诗人，与当时著名大诗人王维并称为"王孟"。在诗中，刘眘虚那绵长的思友之情寄寓于天长水阔的遥望之中，显得深情无限。还有王昌龄的诗《宿京江口期刘眘虚不至》："霜天起长望，残月生海门。风静夜潮满，城高寒气昏。故人何寂寞，久已乘清言。明发不能寐，徒盈江上尊。"整首诗写得温婉含蓄，情景交融，秋景的清冷，深切的期盼，未遇的惆怅，他们二人之间的深情厚谊在诗人笔下溢于言表。

　　刘眘虚一生仕途坎坷，曾任崇文管校书郎，山西夏县令，壮年辞官以后定居桃源。在这里，他把笔触投向山林田野，通过描写田园牧歌式的生活，表达出一种对宁静平和生活的向往。他在诗作上的这种心物交融、写景抒情技巧和清幽婉转的声律，被后人归入盛唐山水田园诗派。文学史上的盛唐时间很短，五十年左右的时间，但文学成就却最为辉煌，除了李白、杜甫这些耳熟能详的伟大诗人外，还包括了刘眘虚等无数诗人的感悟与才情，他们或咏山川名胜，颂边塞将士，或诉百姓疾苦，抒人生情怀，产生了许多千百年来脍炙人口、广为传诵的诗篇，在中国文学史上筑起了一座不可逾越的巅峰。尤其是激昂雄浑的边塞诗与清新脱俗的山水田园诗，具有极高的美学价值，被誉为盛唐气象。形成于盛唐的山水田园诗，以王维、孟浩然为代表，作品隽永优美，淡雅恬静，在诗坛上吹起了一股清丽且又洗练的诗风。这股诗风来源于南北朝的万载康乐公谢灵运和晋代宜丰澄塘人陶渊明。前者开创的山水诗风独树一帜，使山水诗的成就达到了高峰。后者开创了田园诗体，文字简洁明了，意境恬静优美。然而，作为山水田园诗派代表人物的"王孟"，在闲情逸致、幽雅淡远中多少都透出了诗人对世俗人情名利场的一种逃避，从这个意义上说，刘眘虚的诗无论在诗风诗境还是诗意上都超过了他们。

定居靖安以后写下的《阙题》，是刘眘虚被作为山水田园诗人的标志性作品，为历代诗家所赞赏，自唐至今的多种唐诗选本都会选录。这首诗原来是有个题目的，叫《归桃源乡》，后来不知怎么失落了，后人在辑录这首诗的时候给它安上"阙题"二字。"阙"是空缺，欠缺的意思，"阙题"就是直白地告诉人们这首诗缺少题目。诗的全文是这样的："道由白云尽，春与青溪长。时有落花至，远随流水香。闲门向山路，深柳读书堂。幽影每白日，清辉照衣裳。"这首诗描写的是深山中的一座别墅及其别墅周边的幽美环境，山深林密，舒适静谧。伴随山路有一道曲折的溪水，春暖花开，芬芳的落花随着流水远远而来，又随着流水远远而去。山路悠长，溪水也悠长，而一路的春色又与溪水同悠长，让人不期而然地感觉到溪涧的流水也是香的了。在这里，诗人描绘出了一幅浓淡相宜的水墨画，重笔勾勒的是山溪、书屋，淡墨洇染的是白云、清辉。整首诗里面没有波澜起伏，平和的心境完全是出自诗人内心的真诚。他用简约的语言和意象为人们在这里营造了一个清幽而恬淡的意境，给人一种直觉的美感和情趣，清新脱俗，清朗纯净。

这份纯净，来自于诗人对人生状态的准确领悟，来自于诗人对美好生活的积极向往。而且我还以为，这份纯净既是诗歌的生命，也是美丽的源头。这是因为只有纯净的心灵，才会有纯净的品质，最终才会有纯净的诗歌。前不久看到一条微信这样说，微笑的眼睛，才能看见美丽的风景；简单的心境，才能拥有快乐的心情。这个说法，应该还是有一定道理的。生活中不在于你看到了什么，触摸了什么，描写了什么，关键在于你想到了什么，领悟了什么。风景在那里是客观的，她的美与否，完全取决于你看风景的眼睛。你微笑就拥有春天的万紫千红，你真诚就拥有夏日的热烈奔放，你快乐就拥有秋季的春华秋实……不经意间的蓦然回首，如诗如画的风景原来就伴随在我们前行的努力中，万紫千红，风光无限。生活是一首美丽的诗，生活是一幅美丽的画，我们只要拥有发现美的眼睛，有一颗渴望美的心灵，那么我们眼里的风景一定是美丽的，尽管在人生的路上有汗水，可能还会有眼泪。

刘眘虚的诗是美丽的，除了它的韵律，更多的还是它那给人吟诵之后所感受到的意境，明白如话却又感人至深。他那笔下清新自

然的景物、平和真挚的感情在为人们描绘美丽的同时，也为他自己
在绚丽的文学天空留下了一抹明亮朗畅的色彩，一缕永不褪色的光
芒。

一卷云台话郑谷

近日翻阅友人送来的《袁州二唐人集》，开篇即是郑谷的《云台编》。尽管这只是一本古籍旧书的当代影印本，但因为它的墨香纸润，刻印俱佳，那种从韵致高雅文献典籍当中所散发出来的恒久魅力，依然可以让人得到真真切切的感受。

郑谷是我们宜春袁州人，《云台编》是他的诗集，在《四库全书》和《全唐诗》当中收录他的诗作多达三百余首。他的一生，经历了游学、为官阶段，虽然官至都官郎中，但晚唐社会的动荡使他多在漂泊中度过，之后归隐家乡宜春，在城外的仰山书堂讲学，走完了他的最后人生。今天明月山下的栖隐寺旁，有一块古宅遗址，就是当年郑谷归隐后的读书堂，书堂山也因此而名。就像他那个时代的文人一样，郑谷一直怀着儒家的修身齐家治国平天下的抱负，以实现经邦济世理想来体现他的人生价值。然而晚唐政治上的朋党之争、藩镇割据和宦官专权等弊端，使得郑谷的个人命运和风雨飘摇中的唐王朝一样，命运多舛，奔波动荡。今天我们所看到的他那悲凉哀婉的诗作风格就是在这个大的时代背景下形成的。归隐宜春后，秀美的家乡山水，清新静谧且不乏温馨，随着环境变化，郑谷伤时感怀的作品内容和基调随之被悠闲自适所取代。

仕途上的挫折导致了郑谷对朝廷的失望与无奈，但却成就了他的文学创作，成就了他那千古流芳的诗名。他的诗歌，或咏物或别离或感遇，风格清新通俗，轻巧流利，读后叫人赏心悦目，回味无穷。尤其是他所作的那首七律《鹧鸪》，脍炙人口，风靡一时。诗是这样写的："暖戏烟芜锦翼齐，品流应得近山鸡。雨昏青草湖边过，花落黄陵庙里啼。游子乍闻征袖湿，佳人才唱翠眉低。相呼相应湘江阔，苦竹丛深日向西。"资料介绍说，鹧鸪是一种羽色斑斓美丽的鸟，形如雌雉，体大似鸠，分布于大陆南方，因其鸣叫声极像"行不得也哥哥"，古人常借它的啼鸣来抒写迁客孤寂愁苦之状，游子思乡怀亲之情。在诗里，诗人紧紧把握住人与鹧鸪在感情上的联系，咏鹧鸪而重在传神韵，使人和鹧鸪融为一体，通篇构思精妙缜密，郑谷本人也因此被人们称为"郑鹧鸪"。

尤其值得称道的是，郑谷在诗歌艺术上特别注重字句的锤炼，词语精炼传神，具有言简意赅的艺术效果。他不仅诗写得好，且为人谦逊，人们都乐于向他请教。文坛佳话"一字师"，讲的就是郑谷和诗僧齐己的故事。齐己在他的帮助下，因为修改了一个字而使得整篇诗作满目生辉。齐己写的那首诗叫《早梅》，是一首咏物诗。全诗笔触含蓄，意蕴深刻，通过刻画梅花傲寒品性及素艳风韵，以艺术上的一种高远境界来寄托诗人自己的理想。对此，齐己他自己很是满意。其中有两句这样写道："前村深雪里，昨夜数枝开。"齐己将这首诗请教于郑谷，得到了郑谷的赞赏，同时郑谷又觉得诗作意犹未尽。郑谷说，既然是早梅，那就得突出一个"早"字，众花还在梦里，它却一枝独秀，耀人眼目，把"昨夜数枝开"一句里面的"数枝"改为"一枝"似为更妥。就是这一字之改，让《早梅》诗眼呼之欲出，生动传神，诗的意境更加完美了，自此齐己诗名显赫天下。前不久在西泠印社考察，看到橱窗里展示手卷当中的第一首诗就是齐己那首经过郑谷改了一个字的《早梅》，非常亲切。吟诵之余，不觉让人想起了"满招损，谦受益"那句古训，这句话的意思是说一个人如果懂得谦虚谨慎的话，为人处世就容易受益，反之极易受到挫折。梅花以其笑傲冰雪的风骨、沁人心脾的暗香历来为骚人墨客所心仪，古往今来借梅言志书怀，寄托情思的诗作浩如烟海，齐己的《早梅》能够文质兼美，脱颖而出，且历来被视为上乘之作，完全得益于郑谷那化腐朽为神奇的点化，得益于齐己本人的谦逊之举。谦虚是人的一种美德，是一种难能可贵的品德。自古以来，有许多这方面的格言警句启迪后人，如"谦虚使人进步，骄傲使人落后"，"虚心竹有低头叶，傲骨梅无仰面花"，"百尺竿头，更进一步"，等等。谦虚，不仅仅是一种学习态度，更应该是一种为人处世的做人原则。中国素来是礼仪之邦，作为一种具体的行为规范，"礼"就是待人接物时的文明举止，也就是我们通常所说的礼貌。而礼貌的本质是表示对别人的尊重和友善，这种心理需求，超越时代，不分种族而长存。礼貌和谦让紧紧联系在一起，如果一个人徒有礼貌形式，却没有谦让之心，他也不会真正懂得礼貌。谦让的表现是谦虚，是平等，是礼貌的重要内涵。所谓"虚怀若谷"，所谓"谦谦君子，温润如玉"讲的就是这个道理。相反，自满则必将走向失败或平庸。历史上有个楚汉相争的故事，当时项羽的实力处于优势，但因他高估个人能力且轻视对手刘邦，最终这位心高气傲的西楚霸王陷入四面楚歌。英雄末路，兵败刘邦，在乌江边与爱妻生离死别，演绎了一出感天动地的《霸王别姬》，令人唏嘘不已。以致到了今天，我们都还有"不可沽名学霸王"的谆谆教诲。

郑谷，字守愚，自幼被人预言"当为一代风骚主"。"风骚"是两本书的并称，"风"指诗经里的《国风》，"骚"即指屈原所作的《离骚》，后来人们用来泛称文学，在文坛居于领袖地位或在文坛某个方面居于领先地位叫独领风骚。作为一位生于晚唐的文人，他在亲历大唐王朝灭亡的过程中，以诗吟咏家国情怀，哀怨凄婉，在晚唐诗坛盛行的诗体中，创造出了一种属于他自己的深入浅出、清婉悠然的独特风格，被人称为晚唐诗坛的"巨擘"，他的诗作也被后人称为"诗史"，堪称大唐王朝的末代风骚。

故乡人对这位晚唐诗人非常尊崇，将他与宜春历史上的著名人物袁京、韩愈、李德裕、卢肇、易重一起并称为"袁州六先生"。为纪念他，宜春城区至今还有鹧鸪路、鹧鸪亭、鹧鸪社区等地名和建筑。如今人们走近这里，似乎仍有"一卷云台刚读罢，耳边疑听鹧鸪声"的感觉，尽管它已渐行渐远，时隔千年。

采菊东篱下

　　晋代大诗人、魏晋南北朝时期最杰出的文学家陶渊明是我们宜丰引以为豪的乡贤。作为中国田园诗的开山鼻祖，千百年来，他那些空灵自由的文字为后人带来了许多遐想，尤其是他笔下的桃花源：阳光普照，落英缤纷，屋舍俨然，欢乐融融。一个他心目中的缥缈理想竟然被渲染得如此令人心动，让人神往，遥不可及却叫人浮想联翩。

　　如今在他老家宜丰还有一批人热衷于"陶学"研究。陶渊明出身于破落仕宦家庭，大致生活在东晋至南朝时期。他的曾祖父陶侃仕途通达，官至晋朝大司马，身后封长沙郡公；他的祖父、父亲也都先后为官显赫。但到了陶渊明这一代家庭衰微，幼年丧父的他和妹妹在母亲的带领下寄居外公家。所幸陶渊明外公家里有许多藏书，且衣食无忧，为他提供了阅读古籍和了解历史的条件。陶渊明幼时学习勤奋，意气风发，志向远大。因生逢乱世，他一生曲折坎坷，二十九岁方才步入仕途，历经沉浮，最终却在县令任上因为不愿意"为五斗米折腰"而辞官挂印，归隐田间。

坐落在宜丰南屏公园的陶渊明纪念馆，青砖灰瓦，简洁朴实，是一座典型的赣派民居。在这里我们看到陶渊明早期的隐居生活似乎还是颇为惬意的，他躬耕，望山，作诗，喝酒……家中孩子天真、幼稚而又可爱，一家可谓其乐融融。然而好景不长，一场大火将陶渊明的家焚烧一空，由此家境每况愈下。尽管他终年辛劳，却仍然难以糊口。可贵的是在这样极为困难的境况中，陶渊明仍然能够坚持写他所钟情的自然和田园，写那些在晨曦雾霭中浮动的绿色、洁净的空气和悠然自在的流水。一句"采菊东篱下，悠然见南山"，使得陶渊明面对自己窘迫生活际遇而淡然处之的生活态度跃然纸上，令许多后来者唏嘘不已，感慨万千。时至今日，我们每每读到这极具画面感的诗句时，眼前就仿佛看到了陶渊明在忙完农耕之后，漫步于篱墙之间，他那不经意间的一抬头，进入眼帘的就是那蔚蓝色的天空，以及静静矗立在蔚蓝色天空下的逶迤山峰，此刻的陶渊明似乎心如止水，完全融入了那毫无人间喧嚣的山水中。

陶渊明在中国文学史上的地位是公认的。前不久我偶然看到当代文学家余秋雨对他的评价，十分恰当。余秋雨说就中国的文脉而言，自秦汉至魏晋，司马迁之后的又一座时代最高峰就是陶渊明。能够成为高峰已经不简单了，更何况是"最高峰"，尽管是学者的一家之言，但陶渊明的文学成就由此可见一斑。后来我又看到了一些资料介绍，评价他能够成功地将"自然"提升为一种美的至境，使诗歌与日常生活相结合，后人称之为"百世田园之主，千古隐逸之宗"。陶渊明用朴素语言和文学修辞上的白描手法，将平淡自然的田园风光、平凡的日常生活及其处于这种环境中的恬静心情娓娓道来，不仅仅使人们看到鸡鸣犬吠、街头村落、夕阳炊烟等山水田园画卷，更重要的是让人们体会到了一种宁静安详、纯朴自然、淡雅深远的意境，表达出作者在这种环境中的生活情趣。

在陶渊明的笔下，人们感到似乎一切都那么平平淡淡，无新奇、无波澜，但底蕴却十分丰富，读来韵味隽永，真可以说是冲而不薄，淡而有味。这种朴实无华而又意蕴醇厚的自然之美，开创了田园诗的新题材。陶渊明在他的作品中特别喜欢描写青松、归鸟和秋菊，他借知倦而返的归鸟、经霜不凋的菊花、傲然挺立的青松来抒发自己对坚贞品德的赞美之情和结庐归隐的坚定之愿。虽然形象平凡普通，语言平实淡然，却能充分地传情达意。至今我还记得上学时读过的《归园田居（其三）》："种豆南山下，草盛豆苗稀。晨兴理荒秽，带月荷锄归。道狭草木长，夕露沾我衣。衣沾不足惜，但使愿无违。"这些诗读来，如同盛夏骤雨初歇后的窗外，给人一种无比清爽靓丽的心境：眼前皓月当空，诗人荷锄归来，乡村小路上的野露沾湿了诗人衣裳……他那驾驭语言文字的能力，令人叹服。他长于诗文辞赋，作品大多是描写乡村的稼穑生活和自然景色。在他的笔下，乡村是那样的恬美、宁静。读他的诗，眼前往往就出现了这样的画面：桃李榆柳的环绕中，几间茅舍，轻烟袅袅，从那幽深的小巷中传出几声鸡鸣狗吠……田园风光的纯洁和田园生活的淳朴在他的诗作中反复被歌咏，洋溢着一种浓郁的宁静氛围。陶渊明还和菊花有着不解之缘，他将菊花素雅、淡泊的形象与自己不同流俗的志趣联系在一起，贴切自然，形象逼真，以至人们常常将菊花视为君子的象征。其实，陶渊明咏菊的诗并不多，只是因为那句"采菊东篱下，悠然见南山"实在是太有名了，于是菊花便成了他的化身，成了中国文学上象征着高情远致的一种极致意象。

陶渊明这样一位伟大的诗人在生时却一直籍籍无名，因为他那清新淡雅的田园文字与当时文坛流行的玄言之风格格不入，直至生命走到尽头也没有得到应有的尊重，诗文作品几乎亡失殆尽。直到他身后一百多年，因为萧统的出现，陶渊明诗文的文学价值才逐渐被世人推崇认可。萧统是后梁武帝萧衍的长子，历史上称之为昭明太子，他主编的《昭明文选》是我国现存最早的一部诗文总集。今天我们从一定意义上来说，昭明太子是陶渊明的伯乐，没有他的推崇，陶渊明大概会永远冷寂下去，直至彻底湮没在历史的尘烟中。陶渊明几近亡失的诗文经昭明太子收录后并为之作序，编辑成《陶渊明集》流传至今，从而使陶渊明植立于民族文学之林，成为我国一位伟大诗人且声名远播。早些年我到韩国的一所大学访问，席间好客的主人竟然与我谈起了陶渊明，谈起了在韩国有一位叫百结先生的居士与陶渊明几乎身处同一时代，因淡泊明志浑身静穆，在韩国为后人所景仰，被称为"韩国的陶渊明"。

走出他的纪念馆，我不禁在想，千百年来陶渊明之所以能被后人所推崇，除了他的文学成就奠定了他在中国文学史上的地位外，还有一个很重要的原因，那就是他对美好生活的向往使他能在坎坷辛酸、穷困潦倒的境遇中战胜自我，进而达到一种完美的人生境界。他"不为五斗米折腰"的气节，以及面对人生苦难积极、健康、乐观的人生态度影响了后来的许多人。许多来者经历挫折失意后不甘沉沦，纷纷仿效于他，其中包括许多名人志士。"诗仙"李白十分仰慕陶渊明的人格，他的那种"安能摧眉折腰事权贵"的思想和陶渊明"不为五斗米折腰"精神一脉相承；"诗圣"杜甫在安史之乱之后过着颠沛流离的生活，时刻把陶渊明引为知己；还有那位《琵琶行》里的江州司马白居易，非常景仰陶渊明的为人，曾专程去陶渊明故居凭吊，写下了许多高度概括和赞扬陶渊明人格精神的诗文；唐宋八大家之一的苏东坡，一生把陶渊明当成良师益友，不但爱好其诗，更仰慕他的人格；南宋爱国诗人辛弃疾在报国无门、壮志难酬的苦闷中，也常常与陶渊明神交。

细读陶诗，他那朴素的哲学理念和特有的人生智慧总是给人以思考，他逃避了现实，但积极地面对了生活，给人一种正直和清高的感觉。当陶渊明经历了官场的黑暗辞去县令归隐田园时，当他南山种豆后在清冷的月色下荷锄归来时，当他一边赏玩自己采来的菊花一边饮酒赋诗时，这种独特的风景是孤独的，然而从中却焕发出一种从容与淡定！在漫漫人生路上，人们难免会碰到许多意想不到的困难和挫折，甚至会有难以逾越的艰难与险阻。那么，如何去对待它呢？是感叹时运不济，还是不断进取？陶渊明将"采菊东篱下"的恬淡悠然生活酿成了一杯淡淡的酒，细细品尝，陶醉其中。

生活中，人们遇到一些不愉快不如意的事，只要拥有一份平淡且平常的心境，恬适的快乐便无处不在。当然，这里说的平淡不是人生兴味的淡漠，也不是超然事外的冷淡，更不是生命之火的熄灭。平淡是种子萌芽前的孕育，是山花盛开前的含蓄；平淡是一场惊险搏击之后的小憩，是一次辉煌追求之后的回味；平淡也是告别无知炫耀之后的成熟，是终止了浅薄轻狂之后的沉思，平淡就是生活。由此使人想起了泰戈尔，想起了泰戈尔通过诗歌给人们的启示，这位近现代世界文学史上非常伟大的文学家告诉人们，不要因为错过了太阳而去流泪，错过了今天的太阳，只要你能正视黑夜，并执着于黑夜的追求，那么，闪烁在夜空中的群星，仍然会给你报答的，它会给你力量，给你信心，去勇敢地迎接或追逐明天的太阳。他接着告诉人们，如果你只是为感叹自己的命运而流泪，那么，你不仅得不到群星的启示，也会失去明天乃至更久远的太阳。

陶渊明渴望人生出彩，他在挫折面前的洒脱、平凡与淡定，说明一个人能否实现人生价值并不取决于他地位的高低，身份的贵贱，而是取决于他对待生活的态度。"不为五斗米折腰"的陶渊明，在长满菊花的篱笆下饮酒，悠然远眺云雾之间的南山，感受石涧清泉的汩汩流淌，在一个很低微的位置上开启了中国古典田园诗的先河，创造出了永恒的价值。世人记住了陶渊明，记住了陶渊明笔下那晶莹而典雅、恬淡而素净、谦卑而矜持的菊花。纵然他的生活清贫，但他"采菊东篱下，悠然见南山"的情怀，"晨兴理荒秽，带月荷锄归"的背影在人们的心目中凝成了一道永恒的风景。

　　位卑的陶渊明，于落寞中不失进取，于低调中不乏激情，伴随他留下来的文字瑰宝登上了人生顶峰，千百年来深深植根于人们心中。

　　读陶渊明，在飘逸潇洒的田园生活中，我们似乎看到一千六百多年前陶渊明在逆境中的那份从容与淡定，他所开拓的精神田园将久远地沉积在人们心底。

天高秋月明

　　在湮灭于风尘的岁月里，中国文学史就像一条横亘古今、铺满了鲜花的河流，缓缓流淌，奔流入海。那些在长河岸边低吟浅唱、忧郁风骚的诗人词家，千百年来或因时代相近，或因同乡好友，或因父子师生而被人们归入不同的风格流派。南朝刘宋时期山水诗人谢灵运，以他那刻画生动、贴切自然的诗歌将明山秀水描绘成一幅幅诗的画卷，平和恬淡，充满生机，在诗坛开创一代新风，使得这条历史长河愈发显得波澜壮阔。

　　谢灵运描写山水形象有他的独到之处，可以说是写山写尽了山姿，描水描尽了水态。他用"池塘生春草，园柳变鸣禽"描述春天，以"野旷沙岸净，天高秋月明"铺陈秋色，借"明月照积雪，朔风劲且哀"展示寒冬。这些垂范后世的佳句，从不同角度刻画自然景物，给人一种鲜丽清新、自然可爱的感觉。他的诗歌，不但为时人所推崇，而且还是后人创作的典范。李白和杜甫是盛唐的两位大诗人，一位被称作诗仙，一位被誉为诗圣，他们的创作风格和艺术水准在中国诗史上分别代表着浪漫主义和现实主义。尽管两者创作风格不同，但都非常推崇谢灵运的诗艺，且在创作实践中深受影响。在谢灵运之前，中国的诗歌主要是写意。祖籍宜丰澄塘的东晋大诗人陶渊明就是一位写意高手，他常常采用像"采菊东篱下，悠然见南山"这样的白描手法，将内心深处的炽热情感和对生活的无限向往蕴含其中，他笔下的青松、秋菊、孤云、归鸟等意象，淡淡几笔，无不渗透着诗人的性情与人格，甚至成为他个人的化身和象征。陶渊明和谢灵运所处的时代，正是中国诗史上诗运转关的重要时期。我看到文学史介绍说，从陶渊明到谢灵运的诗风转变，正反映了两代诗风的嬗递。如果说陶渊明是结束了一代诗风的集大成者，那么谢灵运就是一代新诗风的开创者，怪不得诗歌史上有一种说法叫"陶谢"。

　　谢灵运出身名门，他的祖父谢玄在著名的"淝水之战"中以少胜多，立下了赫赫战功，被封为康乐公，食邑万载。作为谢玄的嫡孙，谢灵运从此和万载县结下了不解之缘。唐代著名诗人刘禹锡在他的《乌衣巷》里有一句千载传诵、脍炙人口的名句"旧时王谢堂前燕，飞入寻常百姓家"，这里所说的"谢"指的就是谢灵运家族。乌衣巷在南京市区内的秦淮河岸边，东晋时谢灵运的祖上谢安为宰相，权倾一时，其显赫的家族宅第就在这条巷内，盛极一时。几百年后诗人刘禹锡到此凭吊，昔日繁华鼎盛的乌衣巷野草丛生，夕阳残照，物是人非，诗人触景生情，不禁发出了"旧时王谢堂前燕，飞入寻常百姓家"的感叹。青少年时期，谢灵运在这里与"王谢"子弟共乌衣之游，"左牵黄、右擎苍"，文义相赏，锦衣玉食，度过了一段他作为世家子弟的富贵风流生活，这也是他人生最美好的时光之一。

谢灵运才学出众，年少才高，曾以"天下才共一石，建安诗人曹植独得八斗，我得一斗，余下一斗由自古以来及现在的名人共分"自勉。他自幼就有一番建功立业、兼济天下的远大抱负，期望在仕途中一帆风顺，在政治上有所作为。谢灵运少年得志，二十一岁出仕，先后任司马参军、中书侍郎，之后时运不济，不久便被贬为永嘉太守，再贬为临川内史。但不管仕途如何坎坷，谢灵运却始终牢记自己的本职。作为地方父母官，他勤政亲民，体恤百姓。初到临川上任，看到城外沿河一带地势平坦、土地肥沃、庄稼茂盛，他本以为临川是"鱼米之乡"，走进村子却发现村民们房屋破旧低矮，个个衣衫褴褛，面黄肌瘦，打听后才得知当地水利设施十分落后，一年温饱全靠老天恩赐，倘遇大水或大旱，百姓颗粒无收。为此，谢灵运在积极救济贫困百姓的同时，实地勘察地形，大兴水利。随着各项工程的顺利建成，当地的旱情和洪涝灾害大为减少，农作物年年丰收，老百姓笑逐颜开。史书上介绍的中洲围，就是谢灵运当年主持兴修的水利工程。中洲围竣工的那天是农历七月廿三。后来人们为了纪念他，到了每年的这一天当地百姓都要祭拜康公，并由此在当地形成了一个延续千年的"康公庙会"。

这样一位自幼就有经国济民之志的青年才俊，为什么到了后来会把如此深厚的历史意味和人生意味投注给山水，最后将山水作为自己一生中最重要的人生驿站呢？这一切，取决于他忘情山水的外在原因和面对生活的积极心态。谢灵运生活的那个年代，正是晋宋易代、政局混乱、社会动荡的时期。谢灵运进入仕途后，他一次次地对朝廷寄予厚望，希望能有更多的机会一展襟抱。他自幼精于文墨，又是纯粹的"将门之后"，因此不论在诗书文章还是治国安邦方面，都具备了大展宏图的条件，然而最终却是"英雄无用武之地"，这对他来说无疑是个不小的打击。人们也许会想，像谢灵运这样在文学史上占有一席地位，千百年来让人们景仰的大文豪，应该是他那个时代的无上骄傲，周围的人一定会虔诚仰望他，百般呵护他。而事实却恰恰相反，他希冀进取，现实却不允许；消极自沉，又有悖于心志。谢灵运需要求得心理平衡，找到继续实现人生价值的途径。外表恬淡静穆，而内心热情济世的谢灵运为了摆脱自己的政治烦恼，在这人生的十字路口作出了一个痛苦抉择——放情山水，弃政从文。此后他不惜用许多富艳精工的语言记叙游赏经历，描绘自然景物，构造形象鲜明、意境优美的诗文佳作。在挫折面前的华丽转身，使得谢灵运迎来了精彩的别样人生。

"春晚绿野秀，岩高白云屯"、"鸟鸣识夜栖，木落知风发"，我和许多人一样非常喜欢读谢灵运这些富有高超描摹技巧的传世佳句，因为这些山水诗作在诗人的笔下显得是那样的优美和宁静，读来令人感到格外亲切，让人自觉不自觉地被它渲染得通体风雅圣洁，总以为这是作者在良好境遇和心态下的神来之笔。其实，就我所知，谢灵运在当时虽然还没有到终日战战兢兢、临深履薄、"苟全性命于乱世"的境地，但生活也还是很凄苦的。正是这种难言的孤独，使他彻底洗去了人生的喧闹，去寻找无言的山水、远逝的古人。从这个意义上说，优美的山水诗文是谢灵运对凄苦境遇的挣扎和超越。这种仕途上的不得意，这种寄情山水以求精神解脱的生活方式，实际上是面对生活挫折的一种积极态度。生活中，面对挫折和打击有时会让人失去自信，会让人感到迷茫沮丧，但是如果能在挫折面前积极奋进，把挫折化作动力，就能从挫折走向成功，迎来的依然是精彩人生。就像我们平常所说无名小花也能开出绝地风景，卑微小草亦可铺出盎然绿色那样，谢灵运徜徉在大自然的怀抱中尽情地感受自然山水，使他的艺术才情获得了一次整体意义上的升华，精神上实现了一次整体意义上的脱胎换骨。这种脱胎换骨和艺术升华在他身上凝结出一种光辉，明亮而不耀眼；汇聚成一种音响，圆润而不腻耳。这是一种不需要对别人察言观色的从容，一种完全不理会周围哄闹的微笑，更是生活状态中的一种气度。

　　谢灵运山水诗的出现，不仅成为中国文学史上的独立审美对象，丰富了中国诗歌题材，而且开启了南朝一代新的诗歌风貌。继陶渊明的田园诗之后，山水诗标志着人与自然进一步的沟通与和谐，标志着一种新的自然审美观念和审美情趣的产生。谢灵运在生活中全身心地捕捉山水景物的客观美，不肯放过寓目的每一个细节，并不遗余力地勾勒描绘，力图把它们一一真实地再现出来。谢灵运是中国文学史上山水诗的开创者和发展者，他的大部分山水诗精品都创作于他远离政坛、畅游山水之时。他的诗文是那个时代的标尺，因此后人称他为"山水诗开山之祖"。 谢灵运受挫之余写下的那些富丽精工的绝妙好诗，不经意间成全了他的文学成就，为谢灵运在文坛上赢得了千秋美名。今天我们静下心来欣赏他的佳作时，会发现谢灵运留给后世的，不仅仅是那些漂亮的诗文辞赋，更可贵的，还是他得以实现华丽转身的精神内核，一种超凡脱俗的浪漫性情和无与伦比的审美感悟，还有他面对挫折的积极态度。由此我想到，人生就像一条河流，如果没有大海梦想，遇到障碍阻隔就会停止前行，而从涓涓细流到大河奔流，它从来就没有因为障碍阻隔而停止向前。长江尽管有三峡阻隔，最终它以磅礴气势奔流入海；黄河虽然没有遇到三峡那样的天险相阻，但也历尽坎坷，最终凭借绕过九曲十八弯的智慧投入到了大海怀抱。它们不管经历怎样不同，奔向大海的目标是一致的，也正因为此，最后才都有了奔流入海的美好结局。生活中我们难免会遇到坎坷和挫折，面对坎坷，我们或许会长吁短叹；面对挫折，我们或许会烦躁焦虑。我们虽然不能事事顺利，但可以事事尽力；我们虽然不能改变容貌，但可以展现笑容；我们虽然不能决定生命的长度，但可以拓展它的宽度。"不经历风雨怎能见彩虹？"挫折其实并不可怕，只要我们能调整心态积极面对，就能发掘出挫折当中所隐藏的美丽。就像朝霞满天固然美丽壮观，长河落日，也同样异彩纷呈。

南北朝文学是中国文学发展史上一个充满活力的创新期，但由于门阀制度的禁锢和炼丹、谈玄、品评人物等消极风气的影响，那个时代在文坛上真正有资本活得真实、浪漫的，现在看来似乎只有谢灵运一个人。他的诗荡涤了笼罩在诗坛的玄学诗风，

充满了道法自然的精神和清新自然的恬静韵味，一改魏晋以来的
晦涩，使山水的描写从玄言诗中独立出来，确立了山水诗的地
位。山水诗从此成为中国诗歌发展史上的一个流派，谢灵运也当
仁不让地被尊称为鼻祖。明山秀水因谢灵运的发现而名扬天下，
而谢灵运又因山水孕育的诗情，奠定了他在诗史上的地位。除诗
文外，他还工于书画。初唐四杰之一的王勃在他那不朽的名篇
《滕王阁序》中写道："邺水朱华，光照临川之笔"，这里的
"临川之笔"，指的就是谢灵运。

　　带着对仕途跋涉的满身疲惫与失望，带着对封地山水的不尽眷
恋与向往，谢灵运在身后归葬封地万载，人称康乐公。在万载，影
响最大的历史文化名人就数康乐公谢灵运了，可以说是妇孺皆知。
今天的人们对他依然十分敬重，言谈举止间莫不以康乐公为荣。在
这里，有一条河名叫康乐水，有座大桥被称为康乐桥，就连城关镇
也被命名为康乐镇。万载境内曾建有康乐祠供当地百姓四时祭祀。
为使文事昌盛，激励后人好好读书，金榜题名，历史上还建有谢灵
运读书堂，时至今日，遗迹尚存。

　　一千五百多年后的一个清明时节，春雨霏霏，我随省城一些诗
人来到修葺一新的谢灵运墓地公祭。绵绵春雨中我们抚今追昔，不
禁为其唏嘘叹息。谢灵运一生大多数的时间生活在壮怀激烈而被抛
弃的无奈中，他一直希望在仕途上有所作为，但当权者为他准备的
却是锤炼思想和艺术的社会环境；他不准备当诗人，但历史却歪打
正着地把他造就成了诗人。要是为谢灵运造像的话，我以为最贴切

的题目莫过于他自己写的"天高秋月明"这句诗了，这是因为诗中不仅蕴含着一种平和简静和空旷渺远的意境，更是诗人自己顺势而为，飘逸洒脱的真实写照。

一春攀折两重桂

唐朝会昌五年状元易重的家乡在九联坊，明月山下一个极普通的地方，近日我们走进了这里。

那天，阳光明净柔和，一如散落在山路两侧的农家新旧建筑，青山绿水间流溢出一种宁静与明朗。和煦的秋风伴着村前那湾涓涓细流从村子周边的九莲峰上款款而来，不经意地抚弄着人们的衣角。一条在当年古道基础上改造而成的窄小公路，连接着十几里路以外的温汤镇。今天看来，这里依然显得有些偏远闭塞，甚至还有些荒寂。但，我们知道九联坊绝不是一个普普通通的小山村。稍稍走进它的深处，就明显地感受到了那种经年积淀下来的诗文余韵和点墨遗香。世代居住这个村子的二十余户易姓人家，他们祖上在明月山的孕育下苦读成才，或父子同科，或兄弟同举，一门通显连登者九人，九联坊也由此而名。在这九人中，易重金榜题名拔得状元头筹，千百年来在当地更是被传为佳话。

　　状元是进士及第中的第一名，是中国科举宝塔上顶尖人物中的佼佼者，能中状元的大多都是当朝才子。在我们所熟悉的唐朝名人当中，诗画成就最高的王维，书法成就最高的柳公权就是"状元郎"出身。而在历史上最有名的状元当属南宋宝祐年间的文天祥了，他以崇高的爱国精神和民族气节为后世所敬仰，被誉为"状元中的状元"。自隋唐开始实行开科取士，历经宋元明一直到清朝光绪年间的最后一科进士考试，科举制度在我国历史上整整实行了一千三百年，选拔出了十万名以上的进士，百万名以上的举人。可以这样说，隋唐以后的几乎每一位知识分子都与科举考试有着不解之缘和密切关系，历史上那些善于治国安邦的名臣名相，杰出的政治家、思想家、文学家、军事家等大多出自状元、进士和举人。从一定意义上说，这个制度曾紧紧地伴随着我们的中华文明史。而作为这个庞大知识分子群体之巅峰的"状元郎"则屈指可数，据我看到的资料介绍说，自隋唐开科取士至宋元明清，一千三百年间钦点状元只有六百多位。状元及第，不但是天下读书人的毕生追求，而且在老百姓心目中也享有"天上一轮才捧出，人间万姓仰头看"的巨大殊荣。因而历朝历代的殿试放榜，如同大典，金榜题名者真可谓是天之骄子，其荣耀、其显赫、其尊贵对于今天的我们来说很难想象。据说，考取了进士之后的礼仪在当年京城长安是非常繁复的，新科进士们先要拜谢主考官，参谒宰相，然后游赏曲江，参加杏园宴等，还要在雁塔题名，在慈恩寺看戏，等等。这时的新人们繁忙之极，当然也是得意之极。我们曾读过的古人孟郊"春风得意马蹄疾，一日看遍长安花"的诗句，寥寥数笔，便把此间的情景描写得淋漓尽致，真不愧是文学大家的手笔。

古代的读书人经过乡试、省试，最后到殿试夺魁，要想通过科举考试夺得状元是极其艰难的。不知有多少人为了科举入仕奋斗几年，十几年，几十年，甚至毕其一生都未必能够实现其梦想。《孔乙己》、《范进中举》等课文把个中滋味描绘得鞭辟入里，惟妙惟肖。从这个意义上说，易重是幸运的，当然他这个状元也得来不易。史料记载，唐会昌五年京城长安公布会试结果，来自明月山下的学子、一介布衣易重榜上有名。皇榜一出，朝野上下议论纷纷，朝廷决定复试以示公正，由皇帝出题监考，复试检验。易重参加殿试的形象今天在史料上已经无从查考了，但我想应该是这样的，那天一袭白袍、气宇轩昂的易重一定是才华偶傥，意气横陈，面对圣上策问侃侃而谈，对答如流，气质中透着一种谦和，而举手投足间却尽在舍我其谁之中。最终易重被钦点为状元，并被赐御笔"进士及第"匾额。皇榜再次揭晓时，被"人间万姓仰头看"的易重感慨万千，当即赋诗一首，寄给父老乡亲，向故里报喜。诗的最后两句写道："故里仙才若相问，一春攀折两重桂。"字里行间的喜极悲极溢于言表。过去进士登科叫蟾宫折桂，诗文的最后一句"两重桂"就是说一年之中两次得中进士。古代出一名状元不仅是该地世代引以为豪的盛事，更是该地区文风昌盛的一个象征，晚唐著名诗人韦庄当年路过袁州时曾用"家家生计只琴书，一郡清风似鲁儒"诗句进行过生动描述。为了纪念易重，后人把袁州古城的一条街道命名为重桂路，易姓后人也莫不以此为荣，把自己的家族堂口唤作"重桂堂"，并自称为重桂子孙。

易重能够金榜题名，大魁天下，除了他的勤奋好学，天资聪慧之外，还与他一直以来的远大理想密切相关。时至今日，当地还流传着一个他"借首席"的故事。

唐会昌二年，袁州学子卢肇高中状元。在我看到的资料中，江西在唐朝的二百八十九年间一共有两位状元，即卢肇和易重，今天我们宜春秀江河上的状元洲，就是当年卢肇读书的地方。卢肇荣归故里，刺史设宴请来了府县官员和乡贤共同庆贺。席间大家都推状元卢肇坐首席，他谦让给易重。不料易重毫不推辞，昂然坐于首席之上，并且风趣地说就当是借了个首席，以后一定奉还。话语一出，人们都认为易重骄狂，出语不妥。谁知几年后的殿试放榜，易重果然金榜题名中了状元，当年借的"首席"真的被他还了。喜讯传来，从明月山下到袁州城里，人们欣喜若狂奔走相告，连同易重当年"借首席"的谈资一并被传为佳话，且传颂至今。

易重"借首席"最后得以金榜题名的故事告诉人们，一个人的成功在很大程度上是以他的理想为基础的，理想志向往往会与他个人的能力成正比。伟大的物理学家爱因斯坦获得诺贝尔物理奖以后曾说过这样的话：每个人都有理想，这个理想决定着他的努力方向。据说拿破仑小时候就有带领法国雄兵席卷欧洲，建立帝国并且让自己成为这个帝国皇帝的理想。凭借理想的引领，拿破仑作为法兰西第一帝国的缔造者，最终成为真正的法国皇帝。理想，是人们对未来的美好向往、希望和憧憬。俗话说，"有志者，事竟成"，理想是夜行的灯，是点燃希望的火，是一股始终推动人们矢志不渝前行的内在动力。如果说人生是一幅绚丽斑斓的油画，理想就是五彩斑斓的颜料；如果说人生是一场充满激情的竞技比赛，理想就是选手活力四射的源泉；如果说人生是一篇魂牵梦绕的华章，理想就是倾注情感的心灵鸡汤。因为有了理想，古往今来许多仁人志士在生命的悬崖前从没有过退缩，在深渊里始终保持着一种奋发向上的勇气和力量，在崎岖坎坷的道路上义无反顾，一路前行。但要把这美好理想变成现实，关键还要靠自己脚踏实地向着前方努力。正如古训所说，"天行健，君子以自强不息"。在前行的路上，许多人都会感到生活并不像童话小说里描述的那样平坦顺利。面对挫折，不是哀怨、沉沦，也不是依恋昨天、幻想明天，而是要积极地在挫折中振作，在振作中奋发，在奋发中进取！平凡的人因为有了理想而伟大，平凡的人因为有了理想才会努力去实现自己的理想，当年的状元易重是如此，今天被人们视为创业领袖的乔布斯、马云不也是如此么！他们虽然身处不同的领域，但怀揣远大理想，脚踏实地，坚持不懈为理想努力奋斗的志向是共通的。

走在易重以及易姓进士们当年走出深山，走上求学之路的古道上，回望起伏连绵的九莲峰，那横空出世、傲视平川的伟岸，在给人以壮美的同时，还留下了令人思索、荡气回肠的绝唱。

一榻高悬

　　一千三百多年前的一天，意气风发的王勃路经洪州，恰逢主人在刚落成的滕王阁上以文会友。席间王勃以他的才情和灵秀，将赣鄱大地上的无数美景和人物注入笔端，洋洋洒洒，字字珠玑，句句生辉，为世人在《滕王阁序》中凝结成了许许多多经典的意象和意境，令满座皆惊。因了这篇极负盛名的序，因了序中的那句"人杰地灵，徐孺下陈蕃之榻"，我们丰城隐溪村的徐孺子声名鹊起，闻名天下，千百年来为人们所传颂。这篇至今读来依然让人满目余霞、满口留香的传世美文，就这样在不经意间成就了一座江南名楼，成就了一段文坛佳话，也成就了一代高士徐孺子。

　　和许多人一样，我也是由此才知道了徐孺子。徐孺子名叫徐稚，字孺子，是我国东汉时期著名的经学家，高士贤人。可惜他在史料上并没有为我们留下太多的生平记载。前些年我曾到过他的家乡——那个位于丰城株山脚下的隐溪村打听他的家世，同时也想找一点可凭吊的实物，然而除了在株山南麓还有被称为"孺子读书台"的遗迹外，其余踪迹全无。那天我们在他后人的引领下站在山上放眼看去，只见那里山水寂寂，林木葱茏，山上的溪流缓缓流经山下的村庄，"隐溪村"原来由此而名。

看似一篇偶然的文章让徐孺子青史留名，但真正了解其人其事后便觉不然。史料上说徐孺子受到祖先熏陶，少年好学，饱读诗书，风水、天文、星相、占卜、算术、历法、八卦等无所不通，后来更是成为朝廷太学生中知名度最高的人。他为人恭敬、勤俭、仁义、谦让，注重修养志节，矫正时尚风俗，其高尚品德得到了邻舍乡亲的一致称赞。像封建时代的大多数知识分子一样，从政也是徐孺子人生的远大目标。然而他所生活的后汉已趋没落，宫廷纷争不止，尽管朝廷各派系屡屡有人想请他出山，但因为看清了当时朝廷腐败、时局混乱而不屑于参与其中，他均予以回绝。这时的徐孺子，隐居家乡，与长林丰草、山水田园为伴，虽然生活清苦，形容憔悴，但"早迎日出读经书，暮看晚霞咏高歌"的闲适生活，平淡祥和，使他进入了一种天人合一的精神境界。我国古代士人在生活中比较注重一种精神层面上的追求，这就是精神生活上的自由和文化生活上的品位。因为怀才不遇转而寄情山水，寄情明月清风，或填词作对，或琴棋书画，或把酒问青天。他们中的许多人或因政治上遭排挤，或因个人奋斗受挫而又不甘沉沦、自暴自弃，便会像庄子那样，看惯了大小诸侯尔虞我诈，就只好到大自然中去逍遥；就会像陶渊明那样，在仕途上厌倦了，便吟出"采菊东篱下，悠然见南山"……他们中的许多人就是以这种无奈且超然的方式来抒发胸中块垒，寻找生活乐趣。徐孺子却不然，他以一种自尊和知足的态度面对生活，谦逊礼让而不落魄，淡泊名利而不低沉；他拒官不做后并没有放情山水，而是身体力行传播知识，济贫帮穷，给人一种平等不辱的旷达和波澜不惊的飘逸。他是个读书人，有才华，但更注重人格的修养。他以为，有完善人格的人不但应该做有利于众人的事，而且还愿意去做别人不愿做的事，应该忍辱负重，任劳任怨，尽其所能地帮助别人，而不是去与人争名夺利。著名文学家沈从文在一篇文章中曾经说到过一个高士磨镜的故事，就与徐孺子有关。故事说他的老师江夏黄公丧葬，徐孺子奔丧没钱，便沿途为人磨镜。他磨镜舍得用料，且做工精巧，磨的镜子出奇的好，既有正衣冠的实用价值，又有照历史的审美情趣，更有磨镜过程中的许多流风余韵为人们所乐道。

徐孺子几近完美的人格不胫而走，声名远播，慕名而来向他求学者数以千计，更为难能可贵的是，他教书重在育人，而且目的十分明确。他的学生问他：读书目的是为了当官，还是为了学艺？他回答，读书的根本目的不仅仅是为了当官，更是为了完善人格，学会做人。一个人格高尚的人，当官能安贫乐道，为民能成家立业，这在学而优则仕的当时是十分难得的。他以为人格应该通过不断学习而完善，通过不断修养而提升。徐孺子就是在这样一种低调、简朴的平淡生活中不失进取，举手投足间尽显高士风范。以至于我们今天在读书时，每每看到嵇康如何洒脱地手挥五弦，陶渊明怎样恬淡地采菊东篱下，以及李白"扶摇直上九万里"、苏轼"我欲乘风归去"的放旷飘逸时，就会很自然地想起这位被人们尊称为"南州高士"的徐孺子。怪不得明代模仿山东曲阜"祭孔"的范例，还在江西创立公祭徐孺子的"祭徐"制度，并一直延续到了清朝。前不久我看到一个资料说，"横眉冷对千夫指，俯首甘为孺子牛"这句名言表现的是鲁迅面对徐孺子这位历史人物的谦逊。对此我没作具体考证，但我以为，以徐孺子的人格魅力和道德风范，以鲁迅的学识和人品，前者若果真能被后者所推崇赞赏，那真不失为一段文坛佳话。

在徐孺子的影响下，株山一带民风淳朴，世俗清正，出现了路不拾遗、夜不闭户的太平景象，与当时动荡的社会局势形成了鲜明对比，因此徐孺子多次得到了地方官员的礼待和举荐。东汉桓帝时期，陈蕃任豫章太守，到任后遍访贤能，当他听说徐孺子满腹经纶且品德高尚后，十分钦佩，亲自前去拜访，并诚恳地请他到郡府为官。出仕为官对那个时候的知识分子来说，无疑是人生奋斗的成功体现，是真正的人生价值和终极意义。徐孺子婉辞后陈蕃便常常派人送去衣物，以示敬意，还经常约请他到郡府论学献计，秉烛长谈，并特意准备了一张卧榻，专供徐孺子享用。徐孺子一走，陈蕃就把卧榻悬挂起来，直到徐孺子再来，才又放下。王勃那句"徐孺下陈蕃之榻"的典故，就出于此。"榻"是一种狭长而低矮的坐卧用具，"坐榻"是古时人们的一种经典休憩方式，是古人接待尊贵客人的一种礼仪，表示对贤才的器重或对宾客的尊重。因为有了这个经典故事，后人才有了优贤榻、留宾榻、陈蕃榻、下榻见贤、陈蕃解榻等说法。后来陈蕃到朝廷当了尚书、太傅，又积极上书推荐徐孺子，对此他都婉言谢绝坚辞不就。陈蕃任豫章太守前是乐安太守，在乐安他曾为一位叫周璆的高士隐者专设了一张榻，使周璆深为感动。因而历史上的陈蕃至少是设有两张榻，一张是他任乐安太守时为周璆所设，一张是他任豫章太守时为徐孺子所设。只是因为王勃的《滕王阁序》只告诉了人们这张徐榻而已。据说陈蕃设榻有两个标准：一是此人在当地必须有名气，高风亮节，为人典范；二是此人满腹经纶，治国理政有独到见解，且一般人招致不来。不具备这些条件，是没有资格享受专榻殊荣的。陈蕃在府上设专榻待客，客人走了居然还要劳神费力地把榻悬挂起来，颇有些历史上周公"一饭三吐哺，一沐三握发"的风范，史书上说周公吃饭时如果来了客人，居然会把吃到嘴里的饭菜吐出来去迎客。人们以此格物致人，收到了很好的社会效果，周公一吐哺，天下皆归心。陈蕃饱读诗书，个中道理他自然是深晓的。当年齐桓公不记追杀之仇，拜管仲为相，争霸中原；刘备三顾茅庐请诸葛亮出山，使得三分天下有其一。陈蕃在豫章府上将徐孺子坐过的榻"去则悬之"，让"陈蕃之榻"成了招贤纳士、优待贤才的代名词，意味深长。

我一直以为，考究陈蕃为官时设过几张榻对今天的我们来说已经不重要了，重要的是"陈蕃之榻"在中国招贤史上所具有的里程碑意义。陈蕃在形式上只是悬起了一张榻，实质上是通过这极端的方式，用非常尊重和礼貌的行为向世人宣告礼贤下士。一榻高悬，高悬的是求贤如渴，招贤纳士，希望有才华的人能够人尽其才；一榻高悬，高悬的是对知识的尊重，对人才的渴求，对贤者的以礼相待。只有礼待贤才，吸引更多的有识之士前来效力，领导者以礼待人，才能使天下人才心之向往，人才越多，成功的概率就越大。曹操在《短歌行》中咏叹"山不厌高，海不厌深。周公吐哺，天下归心"，咏叹的是一颗求贤若渴之心。刘邦打败项羽后大宴群臣，席间他指着张良、萧何、韩信对大家说："此三人者，皆人杰也，吾能用之，此吾所以取天下也。"唐太宗也是求贤若渴、识人用人的典范，他不仅自己注意发现贤才，还要求群臣举贤。由于太宗能充分认识到用人对致治的关键作用，积极地发现人才，认真地考察人才，不拘一格地提拔人才，这些人也各尽所能，从各个方面推动了"贞观之治"的出现。

我非常喜欢王勃的《滕王阁序》，前后读过多少遍已经记不清楚了。王勃的神来之笔，在描绘飘逸风雅的徐孺子时，也把他渲染得通体圣洁。时至今日，每每读起我都被其华丽的辞章所打动，为其超凡的想象而折服，更被其横溢的才华所震撼。然而透过这层华丽外衣去感悟其中的沉淀，便觉得它不仅是一篇文情并茂的骈俪文，更是一曲古代知识分子怀才不遇的悲歌。文中作者笔锋一转，一句"冯唐易老，李广难封"，将他自己怀才不遇、壮志难酬的抑郁心情表现得淋漓尽致，禁不住令人生出学学陈蕃，善待"孺子"的感慨，引发了人们许多思考。

那美丽的长庚

在宋应星的著作中，最著名的莫过于《天工开物》了。19世纪30年代法国有个叫儒莲的学者，将中国的蚕桑技术翻译介绍后在整个欧洲引起了轰动。这部译著所引用的核心资料，就源自被著名生物学家达尔文称为权威性著作的《天工开物》，儒莲也由此奠定了他本人在西方汉学界的权威地位。

宋应星是明朝末年奉新牌楼村人。其曾祖宋景通过科举考试成为明代中期的重要阁臣，死后被朝廷追赠为太子少保、吏部尚书、诰封资政大夫。宋景的父亲与祖父也一并被追封为尚书。于是，村头矗立起了一座巍峨的"三代尚书第"牌坊，据说牌楼村由此而名，极尽哀荣。这里地势较为平坦，清澈透底的潦河水经此往东北方向汇至鄱阳湖再注入长江，是个典型的江南鱼米之乡。因为奉新盛产毛竹，当地许多农民都有一手从祖上传下来的造纸技术。早些年我到宋应星的故居考察时，还看到村庄周围有许多废弃的纸坊、酒坊和榨油坊，工艺流程和生产工具与《天工开物》所记载的几乎一样。

宋家到了宋应星这一辈已是家道中落。曾祖宋景的成功范例，对宋应星一直是一种巨大的鼓励。父亲让他发愤读书，希望他今后像宋景那样得科联第，身居显宦。他自己也立下鸿鹄大志，修身齐家治国平天下，希望通过科举入仕实现其抱负，为国家效力，亦使家道中兴。科举是隋朝之后的封建王朝通过考试选拔官吏的一种制度，到了明朝这种制度日臻完备，考试等级更为严格，院试、乡试、会试与殿试，必须按部就班，不允许越级。而在这些一级一级的考试中，会试最为紧要，凡中举的人一般都会参加，以求得最高的科举功名。宋应星亦不例外，求取科举功名，走宋景的路，就是他这一代人希望实现的人生价值和最高追求目标。那时的宋应星意气风发，踌躇满志，就像爬上一架伸向云端的阶梯，义无反顾地在科举路上坚韧前行，奋发向上。

我看到一个资料介绍说，宋应星第一次告别家人，踏上前往京师会试的万里征程时已经年近三十了。他头年秋天即上路进京赶考，今天我们搭航班只需要两个小时的路程在他那个年代却走了五个多月，待他到京已是次年二月的会试之期，连春节都是在赶考途中度过的。宋应星进京走的是水路，从家乡奉新出发，路径南昌乘船入鄱阳湖至九江的湖口，转船沿长江顺流东行至金陵、扬州，沿运河北上京城，这在当时来说是一条花费少、省时间的路线，之后的几次赶考，他走的基本也是这条路线。且沿途许多州府又是当时工农业生产最发达的地方，这为后来他的著述客观地提供了一次次实地考察的机会。但水路船行颠簸，尤其是鄱阳湖及长江水面上的风浪反复无常，旅途劳顿不说，还有不少危险。我们今天在宋应星《天工开物》的相关章节中读到的他对航运技术生动而精彩的描述，我想大概就是当年作者在历次乘船进京时，看到的船上水手运用娴熟技术搏击风浪时的情景。自幼爱好游历的宋应星，沿长江顺流而下，结交朋友，欣赏风光，大开眼界。过去在舆图上看到的古都南京、富甲天下的扬州，波光潋滟的瘦西湖以及那"二十四桥明月夜"，令他流连忘返，身临其境的欣喜之情溢于言表。沿大运河北上，古老的河面上千帆竞发，百舸争流。到了齐鲁大地，展现在宋应星眼前的则又是一番风景了，观泰山日出壮丽，看黄河巨浪滔天。之后，体会燕赵雄风，感受津门沧桑……北方的粗犷与豪放，让正在走往京师考场的他热血沸腾。如今我们都还能想象得到当年他身背行囊，头顶葛巾站在赶考船头回望家乡，憧憬衣锦还乡的那一刻，指点江山，激扬文字，仿佛已是身披大红花，打马御街前，胸中该是何等的豪情万丈！

但此时的学政腐败不堪，弊端丛生，科场作弊已经成为普遍的社会现象。宋应星初次会试，就遇到主考官串通下属及考生舞弊，当然他无法及第。更令人遗憾的是，像他这样饱读诗书、博学多才且又胸怀大志的人竟然是六次进京会试而不第。这是让宋应星始料不及，扼腕长叹的。残酷的现实使他最后没有再参加会试了，但做大事的志向并没有磨灭，他坚信只有经受得起挫折和磨炼的人才能做出一番事业来。今天我们当然很难想象他当时的心境了，落第之后的宋应星也许想起了古代圣贤发愤而作的事例，想起了"天将降大任于斯人也，必先苦其心志，劳其筋骨"的古训，想起了那屈原被流放后创作出《离骚》、左丘明失明后写出《国语》、孙膑膝盖骨被砍后编著出《孙膑兵法》……当然那时的宋应星也许除了十二万分的沮丧外，什么也没有想。但北上会试的长途跋涉，水陆兼程，使他见闻大增。虽然每次会试宋应星都是落第而返，行囊里的科学考察笔记却使他满载而归；他一次次失去求取功名的机会，却又一次次增加了对工农业生产技术知识的了解。明朝是中国古代科技文化发展的又一个巅峰时期，我国古代科技文化的许多优秀成果，就是由当时的一大批巨匠铸就的，像中医药学家李时珍的《本草纲目》，戏剧大师汤显祖的《牡丹亭》，还有那记载中国各地名山大川、岩溶地貌的地学杰作《徐霞客游记》，研究中国古代农业生产的《农政全书》，汇聚中外科技成果的《物理小识》等。就是在这样的时代背景下，无功而返的宋应星将带有消极颓废色彩的"感愤伤激"情绪，生化出了一种积极向上、富有创造活力的生命激情，决心以他的才情与见识对明代中叶以前中国传统工农业生产技术作一次系统的总结。

历史是以往社会的一切现象。在浩瀚的历史长河中，我们可以看到波澜壮阔、跌宕起伏的军事斗争，可以看到斗智斗勇、王朝变幻的政治较量，可以看到纷繁复杂、包罗万象的社会经济，却很少看到为工农业生产技术作总结的著述篇章。宋应星对工农业生产技术作系统总结的美好愿望，终于在他任县学教谕时通过《天工开物》实现了。教谕是明代九品以下未入流的文职教官，没有品阶，且俸禄很低。当时的官立学校在地方依据行政区划分别设有府学、州学和县学。县学教谕主持学校，因为掌握了学生的学习及考核，再加上他个人的人格魅力，宋应星出任这个职位在当地还是很受人尊敬的。他任县学教谕时五十岁左右，年富力强，正是一个人从事著述活动的最佳年龄，事实上这个时候也是他一生中最忙碌、最辛苦的时期。

我们今天看到的《天工开物》，共三卷十八章，包括了明代中叶以前我国工农业生产领域中的近三十种主要技术。这是宋应星当年北上会试行万里路、会四方友的知识结晶。在书中他不但逐一阐述了这些工农业生产技术的具体知识，而且还将这些技术系统地纳入到了他所构筑的体系之中，涉猎之广，阐述之翔实为明代所仅有，在中国科技史上也开了先河。如果说这本书所介绍的知识还有什么遗漏的话，那就是建筑、水利工程和印刷方面的技术了。但宋应星并没忘记讨论建筑技术中使用的砖瓦及金属工具刀、斧、锯、凿，农田水利灌溉技术中使用的各种水车以及印刷业中纸张和墨的制造。怪不得人们说这是世界上第一部关于农业和手工业生产的综合性著作，外国学者将它称为"中国17世纪的工艺百科全书"。据说宋应星同时还写出了《观象》与《乐律》两章，前者与天文学有关，后者是讨论音乐理论的作品（宋应星业余爱好音乐，喜欢吹拉弹唱）。只是在出版的时候感觉放这两章在里面与其余各章内容不协调，体例不一致，临时把这两章撤下来。令人遗憾的是，被撤下来的这两章后来便散佚了。要不，今天我们看到的就是包括了《观象》《乐律》内容在内的二十章的《天工开物》了。

三百多年前宋应星走访城乡街巷、农田作坊，考察各种生产技术，记录并描绘所见所闻，翻山涉水，日晒雨淋。据说为了观察生产竹纸的全过程，他在纸坊内至少要停留两三天。今天我们在读这本书的时候，完全可以体会到当年作者在南北各地收集资料过程的艰辛。这里还要特别说到的是，宋应星在书中对工农业生产领域的许多技术作了真实而细致的写照，除文字叙述外，还有许多用素描写实的方式，真实反映当时人们生产操作和使用设备的插图。细心人做过统计，插图中仅人物就有两百多个。这些人物有的出现在汹涌澎湃的波涛中，有的劳动在烈焰熊熊的洪炉旁，有的在井下，有的在水底，但更多的人是在田野或露天作坊里劳动，他们姿态不同，神情各异，生动传神，让我们真切地看到了三百多年前，人们在田间或作坊里从事不同行业劳动的形象及其操作实态。在人物最多的一幅画当中，共有十几个人在不同岗位上共同劳动。古往今来，我们的美术作品何止万千，但真正用图画从技术层面上反映这么多人劳动的画面，还只能在《天工开物》这本书中看到。

我一直以为，《天工开物》中那些记录当时技术操作的插图是很宝贵的。这是宋应星技术美学思想的具体体现，是技术与文艺的完美结合。文学语言的特点是夸张、形象和含蓄，而科技语言的特点是真实、概括和直白。人们在读它的文字时，可以在形象、具体的文字氛围里真切地感受历史的苍凉与凄美；读图画，则又可以在历史抽象的王国中体会出一种科技的严谨与深沉。在这里，宋应星对文学和科技两者的结合作了一次有益尝试，使之在中国科学史和文学史上相得益彰，独树一帜。今天我们读宋应星的《天工开物》，不但可以了解到古代工农业的生产技术，还可以获得一种艺术上的享受，这种精神上的感受与欣赏传统的山水、花鸟和人物画不无相似之处。由此我想到，作为美术作品，古代科技插图到目前为止还鲜有被收入美术著作的，反之，一些反映其他方面的画却被抬到了很高的地位，这是有失公允的。

技术是推动经济发展的根本，是经济发展的发动机。像我们引以为自豪的中国古代科学技术四大发明，传到西方后，对西方的文明发展起到了一个特殊的推动作用。印刷技术的传入，被欧洲人借鉴造出了活字印刷机，大大推动了文艺复兴和宗教改革，促进了欧洲的思想解放和社会进步；在我们的造纸技术传入欧洲前，西方人都是在兽皮上书写文字，经过阿拉伯人将造纸技术传入欧洲以后，价廉物美的纸张很快便取代了昂贵的羊皮和小牛皮，大大促进了欧洲文化的复兴与发展；还有那威猛无比的火药，传入欧洲后更是立竿见影，很快便推动了欧洲火药武器的迅猛发展，使封建城堡不堪一击，骑士阶层日益衰弱；指南针的传入，使得西方的那些探险家、航海家如获至宝，如虎添翼，极大地促进了欧洲航海技术，迎来了人类历史上地理大发现的新时代……后来的儒莲也是如此，他将宋应星《天工开物》介绍中国蚕桑技术的篇章翻译到欧洲，对有效防治当时蔓延在整个欧洲的蚕桑病虫害，扭转重要工业原材料生丝减产的大趋势起到了至关重要的作用。

其实宋应星还是一位多产的著作家。他在研究生产技术时，还注重将生产技术与政治学、经济学、哲学及艺术密切结合起来，使它们在头脑中相互交织与相互渗透，从而形成一系列具有特色的思想观点。在他的著作中，除了综合性的科技著作《天工开物》外，还有关于天文学、物理学和自然哲学的《谈天》《论气》《观象》，关于政治、经济和军事方面的政论《野议》和反映人生哲学的文艺作品《思怜诗》《美利笺》。他的史学专著有《春秋戎狄解》，在音韵和乐律方面著有《画音归正》《乐律》。他还写下了多卷本丛书《卮言十种》，以及介于政论与科技之间的杂文集《杂色文》《原耗》等。明末国势急剧衰退，社会处于政治、经济及军事的全面危机之中，面对国家危难，宋应星像其他仁人志士一样从切身经历中认识到，要化解社会危机必须革新政治，在体制上作出调整，在政策上作出变通，在吏治上作出改革。在动荡不安的社会环境下，宋应星不顾教学工作的繁重，挑灯具草，夜以继日，写出了一系列希望朝廷变法图强的政论性文章，十分难能可贵。

《野议》是宋应星在心情十分激动的情况下写就的一部重要的政论集，集中讨论了政治、经济、军事、教育、法制和社会风俗等各方面的问题，是作者想要上奏给皇帝的变法奏议，旨在化解明末的社会危机。他认识到，要改变民穷财尽的经济恶化状况，不能只靠向百姓无限度的搜刮，必须从根本上大力发展农工商业，扩大生产以增加财源。宋应星认为财富不是钱币，而是工农业百货，是由劳动者具体创造出来的。宋应星的这个财富观，比英国古典政治经济学奠基人亚当·斯密提出关于财富的类似概念早一百多年，比我国古代管仲和同时代徐光启的观点更为周全，更为科学。这是宋应星对经济学原理的一项重大贡献。

明朝科场舞弊，使得皇榜上少了一个宋应星，历史舞台上却多了一位科学家兼思想家。宋应星在官场上虽是一位未入流的县学教谕，却在中国科学史和思想史上占有非常重要的历史地位。宋应星科举受阻后转向实学并取得了巨大成功，有社会原因，历史原因，还有一个重要原因是自我心态得到了及时有效的调整。这就给了我们一个启示，在人生道路上，我们每个人都可以选择自己的理想，可以选择自己的发展方向，但处境、际遇乃至挫折却是难以预料，难以选择的。在日常生活中，我们常常会听到一些人发出生不逢时的慨叹，看到一些人常常抱怨自己没有发展机会的同时，又不善于审时度势，创造条件，把握机会。其实每个人的路都在自己的脚下，更在心中。就像我们平时所说的那样，心随路转，心路常宽。

比起他的前辈来，宋应星可以说是生不逢时。他出生时，正值明王朝社会政治及经济全面衰败的晚期。多年来他想走宋景的路，结果走的正好与宋景相反。宋景以阁臣高位名垂族史，宋应星虽未进士及第，但他的一部《天工开物》却远远超过了殿试的一甲登科水平，数百年来在海内外为人们所称道。

如今，为宋景在老家所立的"三代尚书第"牌坊早已荡然无存，但当地政府在县城却建起了一座气势恢弘的宋应星纪念馆。

从宋应星的故里归来，除了对这位伟大科学家、思想家的景仰外，给我印象最深的还有那残存在故居石门楣上"瑞吸长庚"四个遒劲有力的大字。长庚是太空中金星的别名，是太阳月亮之外最明亮的星。每当夜幕降临，它就像一颗晶莹剔透的钻石挂在天际。宋应星，字长庚。尽管人们告诉我此长庚非彼长庚，但我依然愿意相信"瑞吸长庚"指的就是宋应星。这是因为，三百多年来，《天工开物》连同作者本人就像挂在那高高天空上的长庚星，耀眼璀璨，美丽无比，名垂青史。

一代词学大师

上世纪学界公认最负盛名的词学大师中，有一位叫龙榆生，他所撰写的词学论述在同时代人中最为出色，且影响深远。当年毛泽东接见他时曾诙谐地说："龙先生学问渊博，我的学问不及他呢。"

词是诗的别体，是唐代兴起的一种新的文学样式，经过长期不断的发展，到了宋代进入全盛时期。它衰微于元明，而又复兴于清。作为一种有别于唐诗的文学体裁，人们习惯称之为宋词。在文学史上，词以其特有的抑扬顿挫的乐感、错综复杂的韵律、长短参差的句法以及它所抒发的浓烈深挚感情，成为唐诗之后又一极具影响力的文学体裁。词学则是诗、词、曲、对联以及一切古韵文如何组合的知识，也指关于填词的学问。据我看到的资料介绍说，龙榆生自幼在他父亲的督责下熟读经史，广从名师，博专结合，眼界开阔。他认为词虽然是一门专门的学问，但治学却不能止于词。探讨词律方面的问题，必然会涉及音韵知识；探讨声调，则会涉及音乐；探讨词事，还会涉及史学等等。正因为他在治学上所具有的这种扎实功底和开阔视野，成就他一代词学大师的杰出事业也就水到渠成，顺理成章了。

对于词学研究，龙榆生提出了八个方面，包括图谱、音律、词韵、词史、校勘、声调、批评和目录等。这些研究领域有词谱、词律、词调研究，还有词史研究，词学批评研究，词学文献研究，以及断代词研究，专家词研究……在这里他几乎穷尽了一切，有点有面，点面结合，而又融会贯通，互相补充。晚清以来，词籍的校勘整理蔚为大观。在这种大的学术背景下，1929年在上海成立了《清词钞》编纂处，龙榆生得以参与此事，见到了许多罕见的清代词集。也因为此，龙榆生一生校词主要集中在清代，而且是从晚清近代词入手，上溯至清初。在友人的资助下，他创办了我国历史上的第一份词学专门刊物——《词学季刊》。以这份刊物为平台，他广泛团结词界同仁，促进词学交流，保存词学文献，有力地促进了词学研究的系统性、规模化，得到了当时整个词学界的广泛支持。在此期间，龙榆生本人还坚持在每期刊物上撰写论文，对词的起源、词的发展、词的创作、词的艺术风格以及词作家的作品进行全面的探讨，他以深入浅出的文字应用于词的探讨和诠释，反响好评如潮，有力地推动了现代词学研究的学科建设。龙榆生对清词的研究，既有师承，又有个人的体会，不乏真知灼见。如他的《论常州词派》一文，从常州词派的由来、宗旨，谈到常州词派的拓展，辨析细致，议论深切，为整理清代词史给出了清晰的脉络。在学界，他这方面的论述一直影响到今天。

龙榆生毕生治词，见解独到，卓然成家。在积极从事著述的同时，他还为青年学子深入浅出地授业解惑，做了许多普及性的工作。他着手编撰的《唐宋名家词选》《近三百年名家词选》广为流传，深受词学者所爱。今天我们从词学史的角度来考察龙榆生的这两部词选，依然可以清晰地发现，通过他那独特眼光所展示出来的整个词史风貌，使人读后可以了解到词史以及词家流派和词风的变异，对于推动词学领域研究与拓展有着极其重要的贡献。龙榆生非常注重词的音乐性研究，对于词的平仄四声、句度长短、韵位安排等都做了深入探讨，他认为"声有轻重长短之差，韵有疏密缓急之别"。他的研究成果，使得词的音乐本质得到了较大程度地复原。在上海音乐专科学校任教期间，他积极探讨词与音乐的结合，并尝试把传统的诗词规律用于现代歌词创作上。他在这段时间写下的《玫瑰三愿》等作品，因为对词的音韵格律体会极深，一经创作完成即被传唱大江南北，时至今日仍被视为音乐史上的不朽名篇。

龙榆生校订的词集，除《苏门四学士词》这本书与他本人的词学理论和个人爱好密切相关之外，其余的他基本上都是在为老一辈词家整理遗稿，保存文献。直到晚年，他仍挂念箧中师友遗制，积极谋求以任何形式公之于世。为此他曾多次表示"不论用任何名义皆所乐从，可削其姓名，亦不必言所自"。"削其姓名"就意味着默默奉献，不图名利，这种完全不考虑个人功利的行为，对于一个学者来说实属难能可贵。龙榆生是一位享有盛名的词学大师，他之所以享有盛名，之所以得到人们的尊敬，除了人们所公认的学术成就之外，我想还与他这种不以功利为目的的追求有关。

他一生不废吟咏，有千余首诗词传世。以他本人研词心得整理而成的《词学十讲》《词曲概论》深入浅出，通俗易懂。所编选本《唐宋名家词选》及《近三百年名家词选》风行一时，其中《唐宋名家词选》自1934年初版后一版再版，至今在广大读者中仍影响深远。有关资料上还有一段这样的介绍，上世纪五十年代龙榆生特邀列席政协第二届全国委员会第二次会议，毛泽东等党和国家领导人在接见龙榆生及其他文化名流时，曾向他请教作词学问并聆听拟办诗词刊物意见，席间毛泽东还诙谐地说："龙先生学问渊博，我的学问不及他呢。"

龙榆生字沐勋，别号龙七、忍寒居士，1902年出生于万载株潭，1966年病逝于上海。作为二十世纪最负盛名的词学大师，他短暂的一生在中国现代词学史上留下了浓墨重彩的一笔。

走近这里就想起了他

　　穿越景贤贾家古村的人们，往往都会做一次深情的回望。那错落有致的马头墙下，静静横卧着一色的青砖灰瓦建筑群，屋连屋，巷连巷，古朴厚重得让人怦然心动，难以忘怀。然而更让人难以忘怀的，是那位为了古村保护做出了贡献的领头人。

　　这位领头人是贾克玖，原高安新街景贤村的党支部书记。他从部队退伍后就在村里当干部直到去世，一干就是几十年。

　　贾家是景贤的一个自然村，自五代十国的后晋年间开基以来，历来为商贾富庶之地。随着时代变迁，村落里那些积淀了醇厚历史的古街老巷日渐衰落，建筑物上那些雕刻、楹联等彰显人生哲理的历史遗存逐渐消失，许多年代久远的建筑也在面临垮塌……眼看着这些历史文化遗产在渐渐消亡，包括贾克玖在内的许多有识之士非常着急也非常痛心。谁来延续这座古村的"生命"，怎样唤回这座古村的青春？在人们的热切期盼中，贾克玖，这位村里的领头人毅然挑起了这副重担——保护开发贾家古村。我是在他们申报"历史文化名村"时认识贾克玖的，贾克玖皮肤黝黑、个子不高，初次见面，就让人从他爽朗笑语声中感受到基层干部身上的干练作风和一种特有的人格力量。记得那天他领着我们在古村从关内关外，走到明街暗巷；从古屋旧祠的装饰工艺，说到那文情脉脉、积厚流广的文化遗存。面对古村落里那些斑驳的老宅、狭窄的街巷，古建筑上那些雕刻题词、楹联匾额，他一一向我们娓娓道来，如数家珍。犹如一个领着我们穿过岁月风尘的向导，在古村尽情感受那些不加粉饰的历史沧桑。尤其给我印象深刻的是，他告诉我们在这些传统文化道德力量的熏陶滋养下，全村多年来没有纠纷械斗、偷盗赌博和不赡养老人的现象，作为立村之本，崇德尚善在景贤村并不只是某一个人的精神追求。站在这些或典雅，或恢宏，或端庄的古建筑前，言谈中，分明让我们感受到眼前这位村支书在精神上、情感上对这座古村以及这座古村蕴含的厚重历史文化的一种深深敬畏。是的，我们眼前的这些旧屋古祠不仅仅是一个历史的见证，它还承载着我们的灿烂文明，传承着我们生命延续的文化基因，是老祖宗留给我们的宝贵遗产。对此，我们有什么理由不用心去维护、用生命来支撑、用责任去守护它呢！后来我知道，为了贾家古村保护的规划、修复和开发，贾克玖请专家来实地考察规划，带头逐户上门动员拆迁，领着村组干部到外地学习考察，主动邀请游客来体验古村文化……寒来暑往，春夏秋冬，几年来他在这块文化道德的高地上顽强执着地坚守着，日复一日，始终用一种"开放"思维来做好古村保护的这篇"守旧"大文章，可以说是吃尽了苦，受尽了累，最终贾家古村被授予了"中国历史文化名村"称号。

后来我们还见过面，那是在贾家古村被授予"中国历史文化名村"称号后不久。这时的贾家古村面貌焕然一新，村里的数百栋古建筑先后得到了修复完善，建筑物上的那些堂号堂匾、雕刻绘画历历在目，随处可见。整个贾家古村，已经成为一座保存较为完整的元明清古建筑群，一张赣派建筑古村落的靓丽名片。然而也就是在这个时候他病倒了，被确诊为癌症晚期。大病之后的他显得十分疲惫虚弱，我不忍打扰，我们略事寒暄后以看古村为由话别。不料这个话题却让他十分地兴奋，古村得到了保护，今后如何进一步开发利用，他有着太多太多的想法，有着许多许多要做的事情，全然不顾自己已经身患沉疴。后来我们还听说他知道自己身患绝症时日不多以后，干脆从医院"溜"回来，把病房设在家里，每天让家人推着轮椅去古村。面对生死，这时的他非常坦然，唯一放心不下的就是古村如何进一步保护开发与利用。这是一种什么信念在支撑他？是对事业的执着，对家乡的眷恋，对传统文化的敬畏，对父老乡亲的牵挂。他自己对此作了解释，他是捧着一颗心来，不带半根草去，无论想什么、干什么，目的只有一个，那就是要让身边的老百姓都说共产党好。

"让身边的老百姓说共产党好"。贾克玖这简简单单的一句话，却发人深省，引人深思。这朴实无华的话语，展示了我们共产党人的应有本色，揭示了一名党员干部在工作、学习、生活中应该产生的积极影响，诠释了一位基层共产党员心系群众的人生真谛。革命战争年代，苏区干部自带干粮去办公，夜走山路访贫农，使得广大的苏区群众发自内心说"共产党好"，正是这种鱼水般的党群关系，为我们党夺取政权赢得了坚实的群众基础。同样，在新的历史时期我们要实现"两个百年"奋斗目标，要实现中华民族伟大复兴的"中国梦"，必须保持同人民群众的血肉联系，必须获得广泛而坚实的群众基础，让人民群众发自内心说"共产党好"。唯有如此，人民群众才会信任和拥戴共产党，我们党的事业才能兴旺发达。记得那天看完古村我们在古村门楼道别，他在家人的搀扶下缓缓转身，在那座充满了勃然生命力的古村背景映衬下，留给我们一个佝偻的背影，一个羸弱的身躯。目送他转身的一刹那，我们心头一颤，作为一名基层的党员干部，一个村里的支部书记，虽然职位不高"官"不大，但他却能以此作为一种精神理念、一种目标追求、一种工作常态，进而来实现他自己的人生价值。

其实，不仅仅是古村保护。在景贤村，只要有贾克玖在，大到发展集体经济，带富一方百姓，小到邻里相争，建房修路，没有解不开的结、办不成的事。他上任当书记的第一件事就是摘掉村里的穷帽子，做强村集体经济。他邀请农业专家进村勘测规划，制订了园田化改造方案，带领大家改造田园，调整结构，发展种植。他积极筹资办学，集资修路，捐资创办福利院。在村里办中学，这在当时的全市教育界是第一个；村级福利院，在全市是第一家。他担任村支书期间，先后投入数百万元修通长达十五公里的环村公路，使得村里的六个自然村全部实现了"村村通"。在这里，贾克玖以他自身的体验与垂范，传承并光大我们优秀的传统文化，践行"全心全意为人民服务"的宗旨，为全村的经济社会发展打下了扎实基础，怪不得村里人都尊称他为"玖爷"。

一个人如果将自己的生命注入一种事业，那么生与死便不再有明确的分界线了。现代诗人臧克家曾在他那首被广为传颂的短诗《有的人》当中，以高度凝练的艺术手法阐述了人的肉体生命与精神生命的真谛。诗中有几句是这样写的："有的人活着，他已经死了；有的人死了，他还活着。"贾克玖的人生历程告诉我们，对于个人而言，是走一条怎样的人生幸福路；对事业而言，应该怎样保持对民爱戴、对事尽责。而这，正是我们实现中华民族伟大复兴"中国梦"所需要的强大基础和不竭动力。前些年，人们曾以他的事迹为原型，用高安采茶戏这种最传统的戏曲形式创作了《玖爷和他的贾家村》。舞台上，他那感人肺腑的事迹在采茶戏淳婉清越、质朴优雅的艺术表现形式下打动了许多观众的心。

景贤村的一草一木见证了贾克玖的奔忙与辛劳。时至今日，人们只要走近这里就会想起他，在景贤的田头，在古村的街巷，在全村人的心中。

雅
Ya

赣水那边

在辉煌的中国革命史上，湘鄂赣革命根据地无疑是光彩的一页。当年毛泽东同志率领红四军从闽西向长沙进军时，在他的不朽名篇《蝶恋花·从汀州向长沙》中，用"赣水那边红一角，偏师借重黄公略"来高度赞扬这里工农群众的革命热情和昂扬斗志。

"赣水那边"指的是三省交汇处的湘鄂赣革命根据地，当年这里的工农武装轰轰烈烈，革命斗争如火如荼。诗词中的"黄公略"是一位著名红军将领，和彭德怀、滕代远等老一辈革命家一起创建了湘鄂赣革命根据地。在毛泽东的诗词中，获得赠诗赞颂的少数将领中还有一位彭德怀，一句"谁敢横刀立马，惟我彭大将军"，让危难之际将军征袍未解的神勇风采和威武形象跃然纸上。

湘鄂赣革命根据地是土地革命时期我党建立的六大革命根据地之一。因为它始终位居斗争全局的中心地带，处于国民党统治的中心城市长沙、武汉、南昌之间，是井冈山和中央苏区的重要屏障。

土地革命战争时期，党在这里直接领导和指挥湘鄂赣边区三十多个县，包括我省境内的修水、万载、铜鼓、宜丰、奉新以及武宁、袁州、靖安、上高、高安等县市共计四十余万军民，进行武装割据，开展打土豪、分田地、废除封建剥削和债务的斗争。毛泽东在著作《星星之火，可以燎原》当中多次提及并盛赞赣西北这场轰轰烈烈的工农运动。红军主力转往井冈山后，地方武装在国民党军队的反复围攻下遭受严重损失，湘鄂赣革命根据地大部被国民党军占领。然而在这极端艰难困苦的情况下，根据地军民独当一面，坚持十年，竭尽砥柱，赢得了十年红旗不倒的历史地位。据我看到的资料介绍说，湘鄂赣革命根据地是当时坚持革命最久的根据地，是中央苏区创建的基础和不可或缺的战略侧翼。

在革命危难关头，修水县的上衫、万载县的仙源（当年称小源）和铜鼓县的幽居曾经先后成为湘鄂赣省委省苏维埃政府省军区所在地，作为湘鄂赣革命根据地政治经济军事文化的中心，那里留下了许多老一辈革命家弥足珍贵的足迹，留下了许多苏区人民感人至深的故事。

当年根据地普遍建立起工农武装，呈现出了一派生机勃勃的景象。由此组建的赤卫队和游击队，后来成为红一、二、四方面军的前身和骨干，在根据地坚持了三年游击战争的红十六师成为新四军的一支劲旅，主力红军参加长征时，其中有许多都是来自湘鄂赣根据地的子弟兵。根据地的农民运动以抗租、抗债、抗粮、抗捐、抗税等"五抗"为中心，声势浩大，影响深远。尤其是动员群众积极送子参军参战,妻子送丈夫,父母送儿郎,场面热烈感人。那流传当地且一直传唱至今的《十送郎》《送儿当红军》等民间小曲,表达人们参军支前时的情感波澜,形象生动,脍炙人口,令人动容。时至今日,人们听到这叙事抒情的曲调声,眼前仿佛就会出现那一幕古典而又凄婉的送行场面——大路旁,驿桥边,或斜晖脉脉,垂柳依依;或烟雨蒙蒙,芳草萋萋,送行人除了那些说了一遍又一遍的话语,没有缠绵惆怅,没有像文人墨客那样的"执手相看泪眼,竟无语凝噎",而远行人一个义无反顾的华丽转身,给人们留下了一部豪迈与洒脱,青春与热血谱就的英勇乐章。然而战争是无情的,许多赤卫队员在战场上与红军战士一道并肩作战,英勇献身。资料介绍说,湘鄂赣革命根据地中心的修水、万载、铜鼓等县,在册革命烈士分别都在万人以上,还有许多是无名英雄。仅万载株木桥一战就有五百多名红军战士和赤卫队员光荣牺牲,株木桥战役是土地革命时期发生在万载境内规模最大的一次战役,历时三天,最后红军取得了胜利。以此为标志,国民党在湘鄂赣边区的第四次"围剿"以失败而告终。今天来到青山绿水环绕的株木桥凭吊先烈,尽管历史硝烟已经退去,但依然给人以震撼。长眠于这块红土地上的先烈们在艰难困苦中忠贞不渝,始终坚持革命的理想信念。他们为了理想信念,为了子孙后代的幸福不惜献出自己的宝贵生命。当地的同志告诉我们,当年将这些英烈迁葬一处时,一些烈士的遗骸身上还残留着包扎伤口的绷带,有的保持着最后与敌人拼死扭打搏斗的姿势,有的身躯已经没有了头颅,可见当时战斗之惨烈。缅怀先烈，崇敬之情油然而生。在万载还流传着一个感人至深的故事，说的是时任湘鄂赣苏区创建初期的平江县委宣传部长、县暴动委员会主任罗纳川不幸被捕杀害。临刑前，他的妻子李更手提竹篮探监。生离死别之际，夫妻俩隔着一道铁栅栏诀别，情深意切，悲痛欲绝。罗纳川叮嘱妻子李更在他死后不要悲伤，不要气馁，坚信革命一定会成功，穷人终有一天翻身做主人。叮嘱她教育孩子长大了要像他父亲一样继续革命，鼓励妻子要积极寻找党组织，完成他未竟的事业。后来人们将罗纳川烈士和妻子李更狱中相会、生离死别的故事搬上了根据地的舞台。通俗易懂的剧情，声情并茂的演出，使许多观众潜然泪下，群情激昂，收到了良好的宣传鼓动效果。

红军长征后，湘鄂赣革命根据地的战争环境异常艰苦，极端残酷。革命低潮的三年游击战争时期，历任的五位省委书记有四位先后英勇牺牲。湘鄂赣革命根据地也一度与党中央失去了联系，在与敌孤军作战的情况下，这里的工农武装并没有停止革命活动，他们仍然高举红旗，坚持斗争，顽强地坚持开展了艰苦卓绝的三年游击战争。在完全失去了与党中央的联系，无法得到上级指示的情况下，根据地党组织凭着坚强的党性和信念顽强坚持战斗，先后九次派出革命同志寻找组织，寻找党中央。对此，毛泽东同志予以了充分肯定，他说："湘鄂赣坚持三年游击战争，在同中央没有联系的情况下，坚持斗争，为革命保卫了苏区，保存了力量。"正是根据地的党组织有了这种坚定不移的信念，才有了湘鄂赣红旗十年不倒的历史地位。

　　信念是一个人的精神支柱和动力源泉，一旦形成，就会像沙漠中旅人的水源，夜行人前方的明灯，心中不落的太阳那样，使人坚贞不渝、百折不挠。历史上凡是为人类进步事业做出杰出贡献的人，无不具有远大理想和崇高信念，无不是在崇高理想的激励下克服各种困难取得成功。1910年毛泽东同志立志走出韶山冲求学前夕留下了一首《赠父诗》："孩儿立志出乡关，学不成名誓不还。埋骨何须桑梓地，人生无处不青山。"这首诗表明少年毛泽东走出乡关、胸怀天下的远大抱负，最终他成为一代伟人。理想信念不仅仅是一个美好的名词，更是人们为之努力奋斗的目标。湘鄂赣革命根据地之所以能在异常艰难困苦的环境下不惜流血牺牲，做到红旗不倒，先烈们为的就是崇高理想，靠的就是坚定信念。尽管他们都知道，自己追求的理想并不一定会在自己手中实现，但他们坚信，有一代又一代人为之努力，有一代又一代人为之作出牺牲，崇高的理想就一定能实现。古人说"有志者，事竟成，破釜沉舟，百二秦关终属楚；苦心人，天不负，卧薪尝胆，三千越甲可吞吴"。这其中讲的就是做人做事的信念，信念能让人积极向上，让人快乐生活，让人赢得掌声并最终伴随事业走向辉煌。因为只有信念坚定，世间才会创造出"绳锯木断""水滴石穿"的奇迹！人生才会拥有迎难而上的决心和勇气！

　　艰难困苦，玉汝于成。当年赣水那边的先烈们凭着理想信念为中国革命最后胜利做出了贡献，用鲜血和生命筑起了一座历史丰碑。敬仰之余，我想生活在今天的我们，只要像先烈们那样坚持信念，坚定信心，坚忍不拔，也一定会赢得人生的精彩，也一定会拥有事业的辉煌！

又上春台

　　雪消云淡的日子里，慵懒的暖阳给人久违了的感觉，乍暖还寒。文友相伴，不觉又走上了春台。这是古城袁州的制高点，位于中心城区的中山路上，又叫宜春台。苍劲古树的掩映下，春台与人民公园早已浑然一体，闹中取静，曲径通幽。

　　西汉年间，有个叫刘成的宜春侯，也就是长沙定王刘发的儿子，在宜春先后筑了五座高台，春台即属其中之一。后来的人们又在春台上筑榭设坛，复加修葺且沿袭至今。这样算来，春台的历史已经有了两千两百多年，比江南三大名楼黄鹤楼、岳阳楼和滕王阁的年代还要久远得多。筑台是一个历史现象，定王台就是当年刘发为排遣思母之情在长沙城外筑成的一座高台，因为他常常登台北望遥想母亲，又被人们称为"望母台"。据我看到的资料介绍说，春秋以来一直到秦汉，各路诸侯争相筑台，以此或夸耀权力、炫耀财富，或敬天法地、崇山慕岳，筑台之风盛极一时。著名的幽州台，就是当年燕昭王为了招纳贤才而筑起来的，当年燕昭王为了广纳天下英才，将黄金置于台上，故而又叫黄金台。唐朝诗人陈子昂曾经来到这里吊古凭今，感慨万千，禁不住写下了那首震撼人心的《登幽州台歌》，被誉为千古绝唱。

春台的正面是由城砖砌成的高台，古往今来的名人贤士，凡有来宜春的，莫不以登临宜春台为快事。北宋著名思想家李觏曾在袁州小住，他登春台之后还写下了"谪官谁住小蓬莱，惟有宜春最古台"的诗句。李觏一生著述颇丰，他在袁州讲学时写的散文《袁州州学记》脍炙人口，因立论警切，结构严谨，文笔稳健而被当作传世之作收入《古文观止》。登高是我国古文化中一种别具特色的民俗现象，后来逐步衍化成了古代文人的一种情结，这种情结又深深地影响着人们的精神境界和看待问题的视角。因而古人登高既有对传统风俗的继承，又呈现出其特有的文化功用，他们在登高览胜时所留下的名篇佳作，常常使得这些地方声名大噪。最经典的莫过于盛唐著名诗人王之涣《登鹳雀楼》诗中的"欲穷千里目，更上一层楼"了，每每读到这短短的十个字，诗人那积极向上的胸襟抱负便跃然纸上，位于黄河岸边的那座城楼亦借此享有盛名。还有杜甫的《望岳》诗"会当凌绝顶，一览众山小"，意境宏大开阔，诗人通过描绘泰山雄伟磅礴的景象，表达了不怕困难、敢攀顶峰、兼济天下的豪情壮志。当然还有王安石的"不畏浮云遮望眼，只缘身在最高层"，孔夫子的"登东山而小鲁，登泰山而小天下"，等等，类似这样的警世名言可以说是举不胜举。由此，登高在作为一种行为的同时，也还是一种生活态度，更是一种人生的积极追求。因为，只有登高，才能望见更多更远的风景，才能延伸出更长更深的思绪，才能品味出生命更高更重的价值。

春台楼阁上下三层，庑殿式，在中国古代屋顶建筑样式中级别最高。站在台下往上望，重檐屋顶以及它那远远伸出且富有弹性的屋檐曲线，就像北京故宫的太和殿那样，让人分明感觉到庄重中透出来的几分霸气。底层是砖砌回廊，二、三楼则是木质花栏，古雅精巧。也许是时令缘故，园内游人渐稀，走上春台，给人一种独上高楼的感觉。这也正应了"昨夜西风凋碧树，独上高楼，望尽天涯路"的意境，词句出自晏殊的《蝶恋花》。他是我们江西乡贤，北宋著名的文学家、政治家，被后人誉为一代词宗。近代著名学者王国维对他可以说是推崇备至，在《人间词话》这本晚清极具有影响力的著作当中，还分别辑录了他和柳永、辛弃疾各自传诵千古的名句，并巧妙地将它们赋予新意，构成治学必须的"求学三境界"。他说"古今之成大事业、大学问者，必经过三种之境界"，晏殊的"昨夜西风凋碧树，独上高楼，望尽天涯路"是第一境界，意思是要耐得住寂寞，志存高远；柳永的"衣带渐宽终不悔，为伊消得人憔悴"为第二境界，要求治学须勤奋努力，百折不挠；辛弃疾的"众里寻他千百度，蓦然回首，那人却在，灯火阑珊处"则是第三境界，告诉人们治学只有坚持独立思考，学用结合，才能领悟真谛。前两个境界是第三个境界的基础与前提，而第三境界又为处在前两个境界中的人们带来希望与信心。王国维的这个"求学三境界"启示人们，读书不仅要有目标、有恒心，还要有方法、有技巧，最终在好读书、善读书中实现"蓦然回首，那人却在，灯火阑珊处"的自我超越。王国维这位大学问家在总结治学经验的不经意间，还为人们成就了这样一段历久弥新的文坛佳话，想必这也是他始料不及且又非常欣慰的。

求学有这样三种境界，人生又何尝不是如此呢。人生路上须得登高望远，奋力拼搏。这是因为再上一层楼，可以看得更远，视野更为开阔，并由此给人带来更高的理想、目标和思想境界，带来更为宽广的胸怀、抱负和人生境界。登高不只是登上高处、登上高山、登上高楼，还是让自己的生命登上责任的高度，是对理想境界的积极追求，是让知识、能力、修养、道德乃至人格等等上到一个更高的层次。人们常说，生命因为登高有了让人仰视的高度，事业因为登高拥有了更为厚重的美丽。这是因为，唯有如此，才能见到"白日依山尽，黄河入海流"的波澜壮阔；唯有如此，才能树立"自信人生二百年，会当击水三千里"的人生自信；唯有如此，才会拥有"数风流人物，还看今朝"的满怀豪情；唯有如此，才会具备"先天下之忧而忧，后天下之乐而乐"的博大胸怀。

春台自刘成以来的两千两百多年间，自然还有许许多多的文坛佳话和趣闻传说，被人们称为"春台三绝"的"庆丰堂记"碑、"宜春"二字碑和"寿"字碑仍然保存完好。在这里，它们和那些散落在园内的许多历史遗存一起，默默地承载着古城袁州的人文记忆，诉说着今日宜春的千年文明。

山那边的美丽地方

当年徐霞客慕名来到武功山小住，洋洋洒洒写下了一篇六千九百多字的江右散记，历来被评论家视为游记文学中的佳作。然而这位明朝著名大旅行家却没看到山那边的美丽地方。

这个美丽地方就是明月山，地处湘赣边界的罗霄山脉，因山势似半轮明月而得名。走近明月山，十余座海拔千米以上的山峰层峦叠嶂，被大自然在这里不经意地排开。青山绿水的映衬，使它愈发显得雄奇险秀，到过的人无不赞其山美水美树更美。

这里珍稀植物种类繁多，物种丰富，风景迷人。春天杂花生树，群莺乱飞；秋后漫山遍野硕果累累，姹紫嫣红。生长在这里的千年银杏苍劲挺拔，枝干遒劲，南方红豆杉郁郁葱葱，充满了勃勃生机。还有被列为国家一级保护植物的华木莲，这是迄今为止世界上唯有宜春才有的珍稀濒危新树种。上世纪末，市里的林业专家攀上明月山考察森林资源。他们在当地热心人的引导下爬高山穿密林，在树木杂草中穿梭迂回，历经千辛万苦发现了两株以前从来没有见过的树种，树姿清新飘逸，树干通直挺拔。专家们进而跟踪研究发现，这两株树主根明显，根系发达。开花时节，花香沁人肺腑近乎幽兰，花色淡黄宛若睡莲；待到金秋，硕果累累，棕红色的果实点缀于绿色树冠；冬天则落叶。经权威鉴定，这是木兰科木莲属中罕见的落叶树种，仅分布于明月山山地中。迄今为止，在全球范围内野外生存的成年华木莲仅此两株。这一发现对植物学的研究具有重要价值，在植物分类学上引起轰动，目前已由英国皇家植物园收编在册。如今，那两株华木莲在明月山上得以精心保护，生机勃勃，郁郁葱葱，成为吸引游人的好去处。尤其令人欣慰的是，经过专家们的多年精心培育，华木莲这一国家一级珍稀濒危保护树种已经人工培育获得成功。作为一张城市名片，华木莲被确定为宜春市市花。人们从外地下高速走进宜春，第一眼看到的城市雕塑华木莲就矗立在城标广场，它已经成为这座城市充满生机活力的象征。前些年城市新区建设文化艺术中心时，建筑物的造型也依据华木莲设计而成，今天我们俯瞰这座新颖别致的建筑物，宛若一朵灿然盛开的华木莲。

明月山的水也是可圈可点，山上有瀑布，山下有温泉，无不令人流连忘返。这里的瀑布虽不如李白笔下的庐山瀑布"飞流直下三千尺"那么壮观，也不及贵州黄果树瀑布那么水势浩大宽广，然而遍布山涧的大小瀑布却是美不胜收：有的温柔含蓄，犹如深谷幽兰；有的热情奔放，好似绽放的玫瑰。阳光下，烟雨中，时而灿烂，时而朦胧。来到这里的人们光是听到诸如飞练瀑布、玉龙瀑布、玲珑瀑布、云谷飞瀑、鱼鳞瀑布等瀑布的名字，眼前就会出现它们充满了万种风情的画面。比这瀑布更神奇的当属山下小镇上的那眼温泉古井。几近千年的温泉古井，汩汩流淌，千年不竭，水温常年保持在六七十度，无色无味，可饮可浴。暑往寒来，春夏秋冬，不知吸引了多少慕名而来的人们在此洗尘沐浴，放松心情，洗涤心灵。前不久，在温泉古井旁还举行了一次万人给父母洗脚表孝心活动，盛况空前，创造了吉尼斯世界纪录。

其实，这个美丽地方最让人赞叹不已的还是这方水土孕育出来的厚重文化。

山下有个不足百人的村子叫九联坊，青山绿水，群山环抱，民风淳朴。史载自隋唐开科以来，先后从这个不足百人的小山村走出了九位进士，九联坊因此而得名。这个山村也是唐代状元郎易重的家乡，他在同一次科举考试中两次"折桂"的故事在至今当地仍被传为美谈。公元845年，也就是唐武宗会昌五年的那次开科取士，因科场舞弊闹得京城上下沸沸扬扬，唐武宗诏令复试，并钦点我们宜春的乡贤易重为榜首。易重由此继卢肇之后成为江西历史上的第二位状元。卢肇是第一位，也是我们宜春人。一个地方相继产生了两位状元，朝野轰动，时称袁州的宜春文风盛况就可想而知了。在我看到的资料中，唐代二百八十九年间江西共考取了七十七名进士，其中有五十三名为宜春籍，故而在唐代有"袁州进士半江西"之说。易重善诗文，《全唐诗》收录有他的《寄宜阳兄弟》。这首诗应该是他状元及第之后自京城写给家乡父老的，诗的最后两句说"故里仙才若相问，一春攀得两重桂"，状元郎的踌躇满志之情溢于言表。我们说的成语"攀桂仙才"就出自这里，如今宜春中心城区还有一条重桂路，也是由此而名。

明月山茂林修竹，空谷幽深，每天从古刹传来的暮鼓晨钟，给这座充满了厚重传统文化底蕴的名山披上了一层浓浓的禅意。古刹叫仰山栖隐禅寺，为禅宗沩仰宗的祖庭。它与位于我市宜丰县境内的临济宗祖庭黄檗寺、曹洞宗祖庭洞山普利禅寺一起奠定了宜春厚重的禅宗文化。因为有了这座祖庭，佛门那禅宗"一花开五叶，三叶在宜春"一说才得以圆满，宜春也因此被称为"禅都"。禅宗是中国特色的本土佛教，是一种人生智慧，它与儒家、道家学说共同构筑起了我们的传统文化大厦。它认为，生活中无处不有禅，人生应采取旷达乐观的积极态度，崇尚自然，顺势而为，在光风霁月下使人生境界升华到一种澄明之境，从而实现愉快的美好人生。

三百多年前，徐霞客这位大旅行家历尽艰辛登上了武功山，深深地被眼前壮丽景观所陶醉，要是看到了山那边的美丽地方，后人收录他的《徐霞客游记·江右游日记》，想必就不是我们今天所看到的六千九百多字了。由此我想到，美丽无处不在，但往往在不经意间错过，自然景观如此，人生又何尝不是如此？

山那边美丽的地方，明月山！

镜山口沉思

　　如果不是因为在组织文艺精品创作过程中县里同志的推荐，又逢明年是世界反法西斯战争胜利七十周年纪念，最近我可能不会过多地去关注抗战期间上高会战方面的资料；如果不是因为这样多地看了以上高会战为题材的小说以及影视作品，最近我也可能不会来到上高会战主战场镜山口，尽管一直以来，它都在我们的内心深处。镜山口，这个一提起它就令人向往的地方，年复一年，在带给人们敬意的同时也给人以不尽的思索。

　　镜山是上高县城东郊的最高峰，因两山相对，形成的山口叫镜山口，是以往南昌经由公路去长沙的必由之路。七十多年前，被誉为中华民族"抗战以来最精彩一战"的上高会战就发生在这里。由于公路改造和城市建设发展，现在的镜山口已无险可守。上高会战胜利不久，这里相继建成了上高会战抗日烈士碑及陵园，以纪念这场著名战役中抗日阵亡将士，后来又在当年会战遗址镜山口重建了抗日阵亡将士陵园，山上还保存了当时的战壕、弹坑等遗址，并出土了当年抗日将士遗留的枪支、弹壳等文物。作为一处爱国主义教育基地，陵园庄严肃穆，气势恢宏。

那天我们来到镜山口，映入眼帘的是赏心悦目的青翠山林和碧蓝如洗的明净天空。这方曾经战火纷飞的焦土随着岁月更替，在抗日阵亡将士热血的浇灌下变成了绿色，山川灵秀，一片生机盎然。陵园依山而建，由南往北沿中轴线逐渐升高，既有深刻的含意，又有宏伟的气势，建筑色调的和谐统一，更加增强了这座陵园的庄严气氛。拾级而上，台阶两旁松柏森森，碧草萋萋，翠柏环绕。来到这里，我们仿佛感到即便是无意触摸的花木，或者踩在脚下的泥石，似乎都有着一种当年战争的历史沉重。一座叫做"会战亭"的仿古凉亭建筑位于陵园中部。会战亭东侧有一座单独坟茔引起了我们的注意，这里安葬的是一位在上高会战中幸存下来后病逝于上高的贵州籍军人，他先后参加了武汉会战、湖北荥阳战役，并在史称"高奉战役"的高安、奉新两县边界与日军英勇作战，病故后时任副军长的一位中将特地为其立碑，极尽哀荣。再往上就是三座安放了九千余阵亡将士的衣冠冢。九千多，一听到这个数字就令人不由得为之动容，肃然起敬。九千多个逝去的生命，对于世界来说，也许只是一个个阵亡将士，而对于每一个阵亡者的母亲来说，我想则无异于整个世界。当惨烈的战役结束后，不知有多少失去亲人的人们曾经在这个战场上伤心徘徊，悲痛欲绝。长眠在这里的年轻生命，在保家卫国的炮火硝烟中离去得是那样从容，就像天际划过的一道流星，虽然转瞬即逝，却发出了耀眼光芒。这些英勇的热血男儿在当年民族危难之际毅然抛妻别子，舍生忘死，血洒疆场。为了民族独立与富强，为了人民自由与尊严，他们把深沉壮阔的无私大爱写在残垣断壁的废墟上，写在炮火硝烟的镜山口。那天我们在陵园还看到墓旁放着不少鲜花和祭品，给陵园增添了许多庄严与肃穆，让人真切地感受到了将士们的胆魄和鲜血在这里铸就成了一种民族魂。不管什么人，不管来自哪里，只要在这里一站，仿佛就受到了一种庄严的召唤。长眠在此的生命年轻短暂，却给今天的人们带来了绚丽骄阳、苍翠青松和幸福生活的坚实脚印。

蓝天下，会战的硝烟虽然早已散尽了，而关于他们的故事却仍在上高当地口口相传。1941年，中华民族波澜壮阔的抗日战争在抗日民族统一战线下由防御转入了相持阶段。此时上高已经成为屏障中国战略大后方的门户。这年的三四月间，正是江南草长、群莺乱飞的季节，侵华日军对中国抗日武装力量虎视眈眈，为巩固其在华中战略要地南昌的外围，进而为打通赣湘通道，直逼西南扫除障碍，他们秘密抽调集结了两个师团及一个混成旅团共计六万余人，配备飞机大炮和坦克，分北、中、南三路对驻扎在上高及其周边的抗日军队实行分进合击，企图打击和削弱中国抗日有生力量。在这次会战中，上高军民充分利用镜山口这一天然屏障，诱敌深入，浴血奋战，从会战打响到结束的二十六天里，尤其是三天三夜的镜山口阻击战，抗日将士与侵华日军进行了异常激烈的战斗，最终集中优势兵力将其一举围歼，大败侵华日军于镜山脚下，取得了上高会战的伟大胜利。在今天我们所看到的资料中，上高会战使侵华日军损失惨重，击毙日军少将步兵旅团长岩永、大佐联队长浜田，歼灭日军一万六千余人，缴获军马两千八百余匹、辎重物资不计其数。上高会战的伟大胜利，沉重打击了日本侵略者的嚣张气焰，极大鼓舞了全国人民的抗日斗志。在中国抗战史上我们看到，上高会战是继台儿庄大战之后的又一伟大胜利，为后来中国抗战史上的第三次大战长沙会战取得全面胜利奠定了良好基础，在世界反法西斯战争史上也写下了光辉一页。

　　会战亭东侧刻有抗战将领记述会战大捷的诗作，西侧矗立着一堵青砖砌就的标语墙，墙上写着"军爱民，民拥军，军民合作打日本"的抗日宣传标语，字体遒劲醒目。县里的同志告诉我们说，这堵砖墙和留在墙上的标语均为抗战时期留下的宝贵遗迹，它在早些年的县城旧城改造中被发现后，当即被采取抢救措施，按原来的形制摄影编号，异地保护。站在这堵穿越于过去和现在，穿越于战争与和平的标语墙前听介绍，不由得让人感受到一种历史真实的苍凉和悲壮，那一砖一瓦，犹如炮火中一具具猝然倒下的躯体，那发人深省的标语让人联想到共赴国难、全民抗战的光荣历史。从"九一八事变"发生，日本发动侵华战争起，中国共产党就坚决主张对日抗战，并积极组织党领导下的抗日武装力量开展抗日斗争。而这堵屹立在镜山口陵园里的标语墙，就是我们党动员全民族抗战这一伟大主张的历史见证，它在见证中国抗日战争惨烈悲壮的同时，也见证了当年上高军民奋力抗战的英勇壮举。上高会战打响前夕，中共地下党组织对会战形势进行了全面分析，他们判断鉴于上高战略地位的极端重要性，侵华日军气焰十分嚣张，进攻上高是迟早要发生的事情，为此力主抗战。在中共地下党组织的发动领导下，上高县的广大民众全力做好支前工作，参战官兵的抗日斗志空前高涨，军民团结一心、同仇敌忾。在此期间，时任上高县县长的中共党员黄贤度利用他的公开合法身份，千方百计动员民众踊跃支前，协同军队作战。发生在镜山口的这场战争，使成千上万的上高人——不管他们是身在火线还是留守后方，都见证了它的惨烈和悲壮。当时上高农村的生产力因为连年战争遭受了严重破坏，物资供应十分匮乏，生活条件极为艰苦，但在中共地下党的组织下，全民抗战主张在这里发挥到了极致。会战期间，仅有十二万人的上高县就动员了三万余人支前，他们节衣缩食，毅然承担了驻扎在上高众多抗日部队所需的各项物资供给。会战打响后，中共地下党带领支前民众冒着枪林弹雨支前，保证军粮副食品的供应，破坏境内一切可供侵华日军利用的道路和桥梁，同时担负起救护、侦察、向导、慰问伤员等任务。纯朴而刚毅的上高人，为了抗日救国保家乡赴汤蹈火、舍生忘死，许多上高人的鲜血和前方将士的鲜血一起洒在了镜山口，染红了锦江河……今天我们看到"上高最大的优势就是上高人"的宣传语时，就会很自然地想起当年上高人民为会战胜利作出的巨大贡献。七十多年前，那些前往镜山口的人的名字和音容，大多都已消失在人们的记忆中，唯有这堵标语墙依然伫立，在时光的流影里为后人呈现当年上高人的奉献与壮举。站在标语墙前，阳光和煦，春日融融，片刻间感到了心灵的净化。山还是那当年的山，水还是那当年的水，那蕴含在从容安详之中的美和感动却让我们细细品味。那徐徐飘来的微风，宛如一首千年不变而又与众不同的咏叹调，既有沉稳的旋律，又有激昂的音调，令人深思且催人奋进。这镜山口上的静穆氛围不由得让人更加感动，让人更加感恩！

离开镜山口的那一刻，我不由得想起了位于天安门广场上的人民英雄纪念碑，想起了那一代伟人题写在人民英雄纪念碑上的碑文——三年以来，在人民解放战争和人民革命中牺牲的人民英雄们永垂不朽！三十年以来，在人民解放战争和人民革命中牺牲的人民英雄们永垂不朽……我想，这座记录着我们中华民族荣辱的丰碑，应该包括了上高会战中的阵亡将士和支前牺牲的上高先辈们，他们为国捐躯，忠昭日月，义薄云天，永远被人们所缅怀。当我们走出陵园回望那高高的镜山，仿佛看到这九千多英灵所聚集的民族魂愈发崇高，他们比镜山还要高万丈，比镜山还要重千钧！

萧家祠的那盏灯

铜鼓萧家祠对我来说并不陌生，作为湘赣边界秋收起义的一处革命旧址，我在这个县工作时常常会陪同客人到此走访，年复一年，我自己也记不清到过萧家祠多少次了。最近它被列为国家级文物保护单位，又正值毛泽东诞辰120周年纪念，利用春节前到县里走访调研的机会我再次走进了这里。位于铜鼓县城大街的萧家祠又叫萧永翁祠，是一座建于清光绪年间的建筑，闹中取静，环境清幽。1927年9月，毛泽东在这里部署震惊中外的秋收起义，作为前敌委员会书记的中共中央特派员，当时他就住在这里。

从萧家祠重温那段红色历史回来，除了对这处革命旧址的依样景仰外，给我印象最深的莫过于毛泽东当年在萧家祠的卧室，以及存放在卧室里的那盏灯了。那天我们走进低矮普通的卧室，看到伟人用过的书桌十分简陋，桌上搁着一盏小小的油灯，心中当即涌现一种别样情怀。这是一盏可以手提、能防风雨的普通油灯，毛泽东在这里部署秋收起义后夜不能寐，心潮起伏，激情澎湃。书桌旁边陈列着当晚毛泽东在萧家祠油灯下草就的一首词——《西江月·秋收暴动》："军叫工农革命，旗号镰刀斧头。修铜一带不停留，便向平浏直进。地主重重压迫，农民个个同仇。秋收时节暮云沉，霹雳一声暴动。"训练有素的讲解员站在油灯前给我们朗诵这首词，抑扬顿挫。不经意间，我的思绪在讲解员的引领下，随着那盏油灯走进了历史深处。

1927年8月7日，毛泽东在武汉参加"八七会议"，后被派往湖南组织秋收暴动，而根据当时的实际情况和军事战略上考虑，毛泽东选择了湘赣边界的铜鼓，从一定意义上说，毛泽东的革命军事生涯是从铜鼓开始的。铜鼓扼湘鄂赣要塞，东接南昌，西近长沙，具有相当扎实的群众基础。1925年，这里便成立了共产党的支部组织，工人运动、农民运动如火如荼，遍及全县。未赶上"八一"南昌起义部队的原浏阳工农义勇队，此时也正滞留在铜鼓。因而当毛泽东来到铜鼓组织秋收起义，立即受到了当地民众和工农武装的热烈欢迎。9月10日，他在萧家祠召开部队排以上干部会议，在传达"八七"会议精神的基础上全面分析革命形势，阐述举行秋收起义意义，号召工农武装立即举行武装起义。次日天刚破晓，驻守在铜鼓的第三团起义军官兵个个精神抖擞，全副武装，分别从萧家祠、武曲宫、蓝家祠、奎光书院等驻地汇集到铜鼓定江边的大沙洲上，在"中国工农革命军第一军第一师第三团"军旗下接受检阅后，即向浏阳白沙进军，由此拉开了秋收起义的序幕。起义官兵在沿途村镇刷写革命标语，宣传秋收起义以及开展土地革命的意义。几乎同时，分别驻扎在修水、萍乡的第一团和第二团与毛泽东指挥的第三团互为策应，犹如出弦之箭，按照既定目标，分三路进军湖南直指长沙，震惊中外的湘赣边界秋收起义全面爆发。然而敌强我弱，起义部队先后失利，毛泽东审时度势，果断命令停止进军长沙，回兵湘赣边界，折返铜鼓排埠万寿宫。在排埠万寿宫休整的几天里，毛泽东以他的睿智反省失利原因，冷静思索中国革命的道路该往哪里走。此时中国革命处于低潮，国民党反动派在力量上占有绝对优势，工农武装只能避开强敌，到敌人最薄弱的地方去发展壮大队伍，积小胜为大胜，最终夺取中国革命的全面胜利。这是何等的关键之举啊，尽管在排埠万寿宫毛泽东仅仅只是小住了两三天，但它却在中国革命史上留下了浓墨重彩的一笔。从此，中国革命选择了一条农村包围城市，最终夺取全国胜利的正确道路。前些年国内有些军史专家到此调研时，依据伟人在此萌发了农村包围城市的思想而建议将万寿宫改为智慧宫。

其实，伴随伟人戎马倥偬的革命生涯的，又何止萧家祠的那盏灯呢？铜鼓秋收起义纪念馆的同志们为纪念毛泽东诞辰一百二十周年，以"用兵如神"为主题布置了一个展馆，在这里我们看到气势磅礴的中国革命犹如一部雄伟壮丽的伟大史诗，毛泽东和他的战友们在一盏盏油灯的陪伴下指导中国革命从漫漫长夜一步一步走向雄鸡高唱，走向北京天安门。

人们不会忘记，1927年毛主席从铜鼓走向井冈山，在中国革命面临胜败存亡的关键时刻，许多满腔热血的人不知道中国革命的希望在哪里。毛泽东坐在八角楼的一张小桌前凝神沉思，如豆的灯光点燃了他思想的火花，他写下了《中国的红色政权为什么能够存在？》和《井冈山的斗争》两篇光辉著作。八角楼那微弱灯光，在茫茫黑夜里放射出万丈光芒，为中国革命拨开迷雾，鲜明地回答了人们的种种疑问，创造性地提出了农村包围城市、武装夺取政权的思想，从而指明了中国革命前进的方向，开辟了中国革命胜利的道路。写到此，我的耳旁似乎响起了"八角楼的灯光"那令人荡气回肠的优美旋律，眼前似乎闪现出八角楼上那令人神往的熠熠灯光。

人们不会忘记，在中央苏区，毛泽东经常在瑞金沙洲坝等地的一盏盏油灯下，和其他领导同志一起分析敌我双方的形势，制订作战计划，以出色的领导和指挥艺术，粉碎了敌人的一次次"围剿"。至今我们还在传唱"苏区干部好作风，夜打灯笼去办公"的动听歌谣，就是对毛泽东和他的战友们当年和群众促膝谈心，进行调查研究，思考决定中央苏区的政权建设和土地革命等大事的真实写照。

人们不会忘记，1934年中央红军缓步跨过于都桥，离开了他们用鲜血和生命创建的中央苏区，开始了漫漫长征。红军长征一开始便面临敌人的围追堵截，红军的前途，革命的出路交织在一起，中国革命和中央红军处于十分危急的关头。在遵义红楼的油灯下，我们党召开会议重新确立了毛泽东在红军中的领导地位，开始了他领导中国革命的伟大历程。这是我们党历史上一个生死攸关的转折点，是我们党在面临生死存亡时的一次自我修正，党在遵义会议灯光下的这次华丽转身，挽救了党，挽救了红军，挽救了中国革命，遵义会议的灯光照亮了中国革命前进的航向。在此后的长征途中，毛主席在一盏盏小油灯旁摊开军用地图，沉着果敢，用兵如神，率领红军四渡赤水河、飞夺泸定桥、爬雪山过草地，取得了二万五千里长征的伟大胜利。

人们不会忘记，在陕北延安，毛主席在窑洞里的小油灯前，指挥着一个个著名战役，做出一个个重大决策，书写着一篇篇鸿篇巨制，推动着中华民族的解放事业从胜利走向更大的胜利。在这简朴的窑洞里，新中国的缔造者们借着小油灯的微弱灯光，运筹帷幄，决胜千里，撰著雄文，扭转乾坤。在这里他们不仅领导全国人民打败了日本法西斯，而且创立了毛泽东思想，实现了马克思主义与中国革命实际相结合的第一次伟大飞跃。可以说，延安窑洞里那彻夜通明的灯光至今还照亮在我们心头。延安窑洞，成了中国革命的心脏和希望，成了革命理论的发祥地；窑洞灯光，成为中国革命的指路明灯。

人们不会忘记，毛泽东和他的战友们在西柏坡的小油灯前遥控指挥辽沈、平津和淮海三大战役，最后彻底推翻了蒋家王朝。在解放战争硝烟即将散去的历史时刻，毛泽东又在油灯下开始谋划新中国的建国方略，为怎样在一穷二白的国土上进行社会主义建设制订纲领。毛泽东在油灯下思索着即将面临历史性变化的中国共产党，他深思熟虑，在党的七届二中全会上指出：夺取全国胜利，只不过是万里长征的第一步，今后的路还很长，要切实防止骄傲自满情绪的滋长，防止蜕化变质现象的产生，防止在糖衣炮弹面前吃败仗。这段话今天读来依然让人醍醐灌顶，振聋发聩，给人以警醒。

大革命时期的岁月是艰苦的，而艰苦的岁月却像是一片沃土，培养精神，培育良材，培育着一个伟大思想的萌生。铜鼓作为秋收起义的主要策源地，毛泽东在铜鼓萧家祠创建了工农革命军第一军第一师，这是由我党独立领导，毛泽东亲自创建指挥的第一支新型人民军队；在县城武曲宫创办了我军第一个新兵训练处，从武曲宫走出了一大批人民军队的高级将领；在定江桥头大沙洲，也就是今天的阅兵广场公园打出了标有"工农革命军"番号的第一面军旗。起义部队从铜鼓出发失利后，毛泽东在排埠万寿宫初步形成了"农村包围城市，武装夺取政权，最后夺取全国胜利"的思想，成为毛泽东军事思想形成的起点。作为湘鄂赣省委、省苏维埃的所在地，作为工农革命军的诞生地和中国工农红军的重要根据地，铜鼓在白色恐怖的血腥岁月中作出了巨大贡献。在我看到的资料中，大革命前期，铜鼓全县人口就有十五万多，而到1949年，全县人口已经不足五万了。为了新中国的诞生，无数英雄儿女献出了他们宝贵的生命，有名有姓的英烈达一万八千多人，更多的则是长眠于此的无名英烈。而正是他们，用自己的血肉之躯最终铸就了新中国的显赫与辉煌。历史没有忘记他们，如同毛泽东秋收起义期间在铜鼓的伟大实践一样，秋收起义纪念馆的同志们将这一切的一切，悉心整理，成为今天激励后人成长的宝贵精神财富！

　　我们可以毫不夸张地说，在艰苦的革命战争岁月里，小油灯见证了毛泽东领导中国革命从胜利不断走向更大胜利的全过程。没有小油灯，就无法上演一部部中国革命威武雄壮的活报剧；没有小油灯，就无法诞生中国革命胜利的宏伟史诗。我格外赞赏萧家祠那盏已经摇曳于历史深处的小油灯，是因为它见证了一代伟人的成长历程，见证了毛泽东以卓越的远见、渊博的学识、精辟的分析、敏锐的思维创造性地将马列主义与中国革命实际相结合，并亲自将思想成果诉诸文字的艰苦劳动。这是多么令人敬佩、催人奋进的劳动啊！霎时，我的眼前清晰地浮现出伟人身披战衣，手执毛笔，时而举目凝思，时而埋头疾书的情景。那彻夜长明的小油灯，实际上是茫茫大海上指引前进方向的灯塔，使中国革命的航船在一次次的狂风骤雨中绕过险滩暗礁，避过巨浪急流，最终驶达胜利的彼岸，迎来今天灿烂的黎明！我突然觉得，萧家祠的那盏灯，它点的一定不是普通的燃油，而是一种特殊的能源，它采之于红土地，提炼于战火中，是共产党人实践经验的凝聚，是革命先驱集体智慧的结晶。

　　历史的长河犹如萧家祠外的定江河水缓缓流淌，如今的铜鼓已经随着时代脚步变得现代繁华，那天晚上我们应邀去考察新近落成的影城，途中透过流光溢彩的霓虹街景，那梦幻般的灯饰让我仿佛又回到了萧家祠，眼前仿佛又看到了那盏熠熠生辉、闪闪发光的小油灯，它化作了纵横南北东西的高速公路，县城那鳞次栉比的现代建筑和散落在青山绿水中的座座农舍，就像一道道优美的五线谱飘落在这块洒满了英雄鲜血的红土地上。

那淡淡的背影

　　走出景贤贾家，给我印象最深的，除了清一色的青砖灰瓦和铺就在弯曲深巷中的长长石板路以外，还有那别致的村落布局、典雅的建筑装饰、文情脉脉的匾额楹联和堂号……然而当我提笔时，发现这些积厚流广的历史遗存给我的只是一个淡淡的背影。

　　位于高安新街的景贤贾家又叫畲山贾家，在赣鄱文明的孕育过程中积淀起厚重的历史文化。据贾氏族谱记载，高安贾氏始祖贾湖在宋朝开宝年间从开封汴梁调任筠州刺史，退仕后与长子贾九四定居在城外，子子孙孙在一个叫坪湖的地方繁衍生息。到了明朝洪武年间，贾湖的十七世孙贾季良开始迁居畲山。景贤贾家整个家族由当年的始祖公贾季良发展到后来的东西鑫陆四房，再到现在已经有了三十五代近五千人。六百多年来尽管岁月更迭，属地变迁，贾氏秉承的传统文化理念并没有改变，相反还得到进一步的传承和弘扬。可以毫不夸张地说，走进贾家古村，推开每一扇门都有一个故事向您娓娓道来，或父子同朝为官，或兄弟同科中举，还有那夜不闭户、路不拾遗的美丽传说，不由得令人抬头仰望，低头思索。

陆家厅的主人，始祖公贾季良入仕后在家乡做的一件大事就是盖了座大房子光宗耀祖，取名昼锦堂。这也是贾家第一个在畲山以凝固的建筑语言勉励儿孙们能像他自己一样博取功名，前程锦绣的人。儿子贾信——陆家厅的主人舜夫公果然不负厚望也步入了仕途，且青出于蓝胜于蓝，历任刑部尚书、礼部尚书。衣锦还乡时，他还踌躇满志地亲笔题写了他父亲命名的"昼锦堂"，飘逸潇洒，力透纸背。如今这三个字仍然透出他当年挥毫泼墨，志得意满的神情。贾季良去世后，他的子孙陆续在昼锦堂后加修了拜亭、寝宫和观音堂，逐步形成了这一七进七出、极具文化底蕴的古老建筑，并把它改造成了贾氏宗祠。从此，贾氏的子孙们外出或游学，或致仕，或经商，都要先在这里祈求保佑，祭拜过了先祖后方开始自己的事业征程。正是贾季良父子的率先垂范，贾氏子孙绵延不绝地开创了贾家村的辉煌。其他如厚德堂、崇义堂等也是如此。尤其是那厚德堂，明清两代先后从这里走出了两位进士，五位举人。特别是在清朝咸丰皇帝大婚特设的恩科中，厚德堂的贾氏两兄弟还同时中举，一时在朝廷上下传为佳话。

贾氏是一个很懂得"以文化人"的家族，他们崇文重教，舍得投入，包括明月轩书院在内一共拥有六个书院。且村里大多数房子的装饰都有梅花图案，这不仅仅是贾氏为了追求建筑上的形式美，而更多的是为了教育警示后人寒窗苦读，铭记"梅花香自苦寒来"

的哲理所营造出来的文化氛围。居住在这个地域内的贾氏世代，六百多年来自觉不自觉地在传承传统文化的历程中，将各种文化形态融会贯通，儒家文化的精神和道家文化的智慧在这里相生相融，相辅相成。全村的整体建筑格局形同八卦，寓意阴阳调和、天人合一，以八卦形成"八关六十四巷"，使外人深入其境顿感犹如迷宫般错综复杂，有一夫当关万夫莫开之势。既懂文化，又重文化的古村人秉承耕读传家久，勤俭持家长的理念，鼓励致仕、鼓励经商。历史上全村有记载的秀才以上的文人达一百二十多人，其中进士八人、举人八人，可以说是名士辈出。经商业绩有成者亦多达一百余人，商号店铺北至汉口，南下广西，东接上海，西进四川，钟鸣鼎食的贾氏，遍及了大江南北。

我徜徉在贾家古巷那刻有深深车辙印的石板路上，看着那一栋栋留下了斑驳沧桑的青砖灰瓦建筑，感受着这穿过六百多年时空后的文化积淀，就如同在读一部厚厚的充满了传统文化和智慧的巨著。

村庄里有很多牌匾、对联和堂号，上面的文字都颇为讲究，内容大多是对未来美好生活的向往憧憬，对道德律令的敬畏遵守，以及对儿孙晚辈安身立命的殷切期望。写在这里的文字，尽管有的也咬文嚼字，但总体上来说还是好懂，都是一些说给儿孙们听的体己话。就说那些堂号吧，有三和堂、洪泰堂、体仁堂、鸿泰堂、裕后堂、种德堂，等等。这些堂号大多两三个字，内容却十分丰富，有的侧重传统伦理道德规范，有的突出格言礼教劝诫训勉，当然也有强调祥瑞吉兆，表达良好祝愿的。在贾家，有堂号的大户人家不下百家。作为这里的一户，特别是那些大户人家，高大宽敞的厅堂上，都会悬挂一块书写了堂号的匾额。当地人在谈论某一家的人和事时，一般也都习惯以"某某堂"来称呼。

我在贾氏宗祠里还读到了一幅朱轼题写的匾额。朱轼是高安村前人，清朝康、雍、乾三朝大臣，官至太子太傅文华殿大学士兼吏部尚书，因为当过乾隆的老师，被誉为"帝师元老"。朱轼在母亲死后回原籍守孝期间经常与贾家来往，并为他们题写了"龙章宠锡，紫诰叠封"。朱轼题写的这八个字，指的是雍正年间贾家贾步青金榜题名，进士及第，时值其父义邻先生六十大寿皇帝赐宴祝贺的事。在贾家，至今还流传着一个朱轼与"四盘两碗"的故事，说的是当年贾家人要款待朱轼，盛情难却，他便劝说贾氏族人不用铺张，粗茶淡饭就可以了，随即说出了一桌"四盘两碗"的菜谱。"四盘"是红嘴绿莺歌、青板搭银桥、皮打皮和内红外剥皮，"两碗"是滚冻子和红烧无骨肉。当地的人们当然听不懂他想吃什么，个个听得是一头雾水。朱轼接着不紧不慢地解释说，红嘴绿莺歌指的就是菠菜，青板搭银桥是韭菜烧豆腐，皮打皮是猪耳朵，内红外剥皮是咸鸡蛋；至于那"两碗"，滚冻子就是水蒸蛋，红烧无骨肉是红烧冬瓜。从此"四盘两碗"虽然在菜的内容上有所不同，但作为待客的一种规格和定式，很快在当地进入了千家万户，且流传至今。后来，据说朱轼还用"四盘两碗"宴请过乾隆皇帝，结果龙颜大悦，称之为"朱公席"。想到这里，我的眼前仿佛出现了朱轼那一副诙谐睿智、风流倜傥的飘逸身影，对这位乡贤的崇敬之情油然而生。

在这里不仅记载着古村的历史源流，叙说着古村的人文故事，还承载着我们引以为豪的民族精神。抗战时期，国民党抗日名将王耀武在南昌会战后不久小住贾家，古村迷宫般的布局给将军留下了深刻印象。南昌会战是抗日战争正面战场进入相持阶段后中日军队的首次大战，期间正是上高会战前夕，熟悉抗战史的人都知道，上高会战在当时来说实在是太重要了，南昌失陷使得本来就非常困难的东南各省处境更加困难。我们完全可以这样说，当时上高会战的胜利与否，直接关系到了中华民族的抗日斗志和尊严！在上高会战中，王耀武将军率领的七十四军重创日寇，被誉为抗日铁军，这一战也被称为"抗战以来最精彩的一战"。今天我虽然不敢妄断在当年战区敌我装备极度悬殊的情况下，沉淀在这里的传统文化和迷宫般的"八关六十四巷"是否为将军参加上高会战，具体制订"诱敌深入，关门打狗"的战术产生过积极影响，但有一点是肯定的，将军住贾家在先，会战大捷在后。如今，战争的硝烟早已散去，我久久伫立在钉有"王耀武将军旧居"木牌的房屋前，只见它朴实、素雅，在半掩半露的灰瓦双披屋顶前面，是一堵避火挡风、翘首长空的青砖马头墙。蓦然间，我仿佛看到在那军民团结一心、同仇敌忾的上高会战战场上，有一位运筹帷幄的民族英雄在指挥前方将士浴血奋战打击日本侵略者。

景贤贾家，作为古代赣鄱农耕文明的一个缩影，它的这些建筑语言不仅彰显出贾氏先民们的励志情怀和崇高德行，也传承了我们中华民族的审美意识和文化智慧。我每次走进贾家村巷，看着这朴素的青砖灰瓦和高高的风火墙，以及简洁合理、充满智慧的规划布局，读着那工艺精湛、内涵深邃的木雕、彩绘和砖雕，感受着这暖融融的文化氛围和湿润润的清新空气，深深地被他们向往幸福生活、力求至高品行的精神境界所感染。我们传统文化的内涵实在是太丰富了，底蕴实在是太厚重了。传统民居中所蕴含的理念和意识，使它在实用的同时还兼具着这么多的传承教化功能。我们在不断体会它的时候，还真是太需要不断传承、不断保护乃至不断弘扬与创新了……默想时，我不觉已融入其中。

　　文化这面铜镜总是在岁月的擦磨中凸现其光亮的。历经六百多年岁月的风霜洗礼，贾家村的青砖灰瓦尽显沧桑。这些穿越时空的建筑物，留给我们的不只是一个淡淡的背影，作为民族文化的一部分，它与我们越走越近。

潦河岸边的那座石坊

　　潦河是古代奉新通往外界的重要通道，属赣江支流。出县城溯水数十里，一座造型独特的石坊静静矗立在岸边，远远望去，气势恢弘，巍峨壮观。

　　那座石坊是明朝万历年间为表彰奉新华林胡氏善行义举所建造的，迄今已经四百多年了。华林胡氏在奉新是望族，他们自宋朝国子监主簿胡仲尧、光禄寺丞胡仲容兄弟以来，历代乐善好施，以他们家族的一己之财力在当地赈灾办学修桥，远近闻名。特别是明朝的从侍郎胡士琇，身在朝廷却时刻不忘前人美德，并将其发扬光大。为此《明史·列传·孝义》中对此有专门记载，并被敕建石坊，也就是今天我们在潦河岸边看到的那座石坊。石坊是牌坊中的一种，它在我们传统文化中属于旌表功德、标榜荣耀的纪念式建筑，因建造材质不同还有木坊、砖坊等。当地人叫那座石坊为四角牌楼，因为石坊正中央刻有"济美"两个大字，又被称为济美牌坊。

济美石坊造型独特，纹饰精美，工艺精湛，被誉为江南第一坊。

通常人们所看到的牌坊大多是四柱三门，柱数一般为双数，间数为单间。而矗立在潦河岸边的济美牌坊却是四面四柱，且东南西北四向形制划一，建筑结构平面为正方形，和一般牌坊不同的是，它由四根花岗石柱构成了四面门，且每一面门都由一个门楼式牌坊榫式联结组合而成，结构稳定，比例均衡。据说，像这样四面形制的石坊在全国极少，我们江西也就仅此一座。

济美石坊的建造工艺水平堪称一绝。石坊的各个构件均以榫卯连接，牌坊四角作挑檐状，斗拱及檐楼都由青石构建，石坊的每一面上下三层，恢弘大气，不愧是明代石雕建筑中的瑰宝。

至于石坊上的那些精美纹饰，字画人物，更是栩栩如生，令人叹为观止。石坊的上下内外都刻满了表达人们祝福、祈愿和期盼的"龙凤呈祥"、"二龙戏珠"、"福喜平安"，以及莲花瓣状和几何形穿花等祥瑞图案，千姿百态，形象生动。虽然历经了四百多年的风霜雪雨，这些石刻上的流畅线条、苍劲笔力依然清晰可辨。尤其难能可贵的是，济美石坊在旌表功德的同时还兼具叙事功能，在横梁上的众多石刻中，有一幅举朱幡、迎快马、路旁书童仰头望、六匹快马千里送喜报的图案，令人瞩目。这幅图案讲述了宋时华林书院三位学子同年并登进士第，朝廷派人到华林送喜报的佳话，形象逼真生动，情景感人。当年宋太宗写诗称赞"千里朱幡迎五马，一门黄榜占三名；最喜状元并榜眼，探花皆是弟和兄"。诗中所提到的人和事，均与华林胡氏创办的华林书院密切相关。华林书院是宋代国子监主簿、教育家胡仲尧创办的一所家族化书院，史载仅宋一代从华林胡氏一门走出的进士就达五十五名，其中状元三名、榜眼两名、探花六名，数量之多震惊文坛，名噪全国。华林书院由此跻身名校行列，与岳麓书院、白鹿洞书院和鹅湖书院并称为江南四大书院。

然而，与之相比更具人文价值，更有历史神韵的，是济美石坊留给我们后人的丰厚文化遗产和蕴含其中的人文情怀。

胡氏家族将石坊建于潦河岸边，最初的想法自然是显赫乡里、光宗耀祖、警示后人。石坊上记载的那几段捐廪赈灾，架桥修路，创办华林书院，创建孔子庙的故事，在供人们阅读欣赏的同时，也给人们留下了许多思考。这些镌刻在石坊上的画面，在传承胡氏先人济美佳话的同时，更展现了华林胡氏与中国传统文化相契合的耕读古风与文化基因。在中国几千年的历史上，耕读精神是大多数中国传统文人的价值取向，是中国传统人文精神得以实现和传承的一种方式。如果说，书剑往往意味着恩仇、笔戎往往意味着国难的话，那么耕读精神反映的则是中国文化士人内心的一种人生境界和家国情怀。在我们的传统文化中，家国二者是一体相通的，家与国就像孩子与母亲，就像树叶与树干，就像航船与港湾，就像所有互相依存的共生物。家就是国的缩影，国是家的凝聚。千百年来，人们推崇"修身齐家治国平天下"的理想人格，"先天下之忧而忧，后天下之乐而乐"。作为一种文化血脉，这种理想追求和高尚情怀，始终是我们民族的优秀文化传统，给一代又一代的仁人志士以责任感和使命感。以济美石坊为标志，耕读文化在这里代代相传，滋养培育了一代又一代的华林胡氏族人。不说宋有"一门三刺史，四代五尚书"的辉煌，仅明以后，忠有金吾将军胡征孺，孝有员外郎胡令严，清有后裔红顶商人胡雪岩，近有留美后裔"胡氏三杰"胡明复及其胡敦复、胡刚复兄弟的教育救国梦，历世不衰，人才辈出。

四百多年来，静静矗立在潦河岸边的那座石坊，在岁月的风雨中斑驳褪色，实用价值几近消亡。然而，作为一个承载着厚重人文历史，渗透着传统文化内涵的载体，数百年来除了向人们展示它的精美建筑工艺外，更多的是传递了一种崇美、向善的人文品格，并让后来者内化于心，外化于行。

寂静的蒙山古银矿

　　出上高县城东行三十余里便到了蒙山。许多人在这里，常常会带着一种闲适的目光，眼界所及无非就是那些雄浑的山峦、清澈的山涧、娇艳的山花和纯朴的山民。然而，他们只要在穿越这里的层峦叠嶂时稍稍一回首，拨开历史风尘便会发现，那依偎在蒙山多宝峰下的坑口古道竟然是一个古银矿遗址。走近它，这个湮没的遗址犹如一幅历史画卷，在给人震撼的同时也让人读出了百转柔肠。这是一个举世瞩目的大古董，真的！它横跨宋、元、明三个历史朝代，历经兴废流变，赫赫扬扬，一点也不虚妄。

　　蒙山银矿又叫银场，距今已有八百余年。它兴于南宋庆元六年，止于明万历二十三年，鼎盛时期是在南宋和元代。那个时候朝廷管理矿山分为监、场、厂、务四个级别，其中"监"是最高级，现在的蒙山有个小地名叫监里，就是当年朝廷在这里设置银场提举司的所在地。南宋时期，白银在经济活动中占了极其重要的位置、大宗贸易、巨额支付、政府税收等方面都用白银结算，到了元代，虽然使用纸币，但仍以白银为储备金。蒙山银矿是当时朝廷国库银两的重要来源，在元朝的至元二十三年即公元1286年上缴岁课达七百锭，合白银三万五千两。从至元十三年到二十九年，蒙山银矿年均产银均在三万两以上。这里有一处矿井的所在地叫"太子壁"，山清水秀，三面环山，据说就是因为曾经有一位皇太子到这里来督办银冶而得名。站在太子壁前，人们也就不难想象蒙山银矿在元朝货币流通和财政收储领域的特殊地位了。当年冶炼之后遗留下来的数十万吨矿渣至今仍在这里堆积如山，历经数百年的风霜雪雨，光泽如初。前些年日本有些研究世界文化遗产的专家来到这里考察，对如此规模的银矿惊诧不已。上世纪70年代，远在吉林的农民在当地古河道挖沙时还意外地挖出了标有"蒙山银课"铭文的银锭"元字号"和"天字号"。银锭上面均刻有提调官、催办官、银库官、炉户、银匠等人的名字和当时年号，这对研究元代银矿及税课来说极为难得，在国内属首次发现。

蒙山银矿常年有两三万青壮劳力，这样多的人力当地是无法满足的，于是朝廷便从外地直接征调，仅袁州、瑞州、临江三个府调拨到蒙山采矿冶炼的就达三千七百余户。今天的我们因为高铁、高速等现代文明所带来的便捷，这样的距离只在谈笑间，而在物质条件极为匮乏，交通状况极为落后的八百年前就绝非易事。当年这些离乡背井的人们在战乱饥疫下的悲怆迁徙境况，我们现在已经很难体会了。但蒙山有关夜合山的那些充满血泪艰辛的传说却是凄怨悠长，令人唏嘘不已。夜合山两山相向，如刀削般陡峭，中间是一条进出银矿的必经之路，当年朝廷为了防止矿工脱逃，给它披上了一层浓重的神秘色彩愚弄恐吓，把守关口的重兵亦十分骁勇强悍。可以想见，当年那些孱弱矿工的抗争呐喊在这座充满了刀光铁血的夜合山前，只能归结于苍凉悲壮的祭奠，归结于无可奈何的寂灭。如今银矿附近的这些村落，还有许多是当年被征调过来的矿工的后裔。

蒙山银矿矿脉复杂，人们利用天然溶洞进行开采，矿井多数都隐匿在附近的山落中，大小不一，形态各异。银矿关闭后，由于没有再进行大规模的开采和开发，宋元明期间的开采方法和开采遗址得以保存。当年见证了三个王朝兴衰成败的蒙山银矿，如今衰草寒烟，矿区那巨大的柱础和断裂的青石丹墀，在夕阳的掩映下平添了几分苍凉余韵，也给人许多无法破解的疑团。以八百年前的运输条件，这些庞然大物是怎样从产地运到了深山野岭？现在唯一可以让我们看出点轮廓的那所正德书院，整个墙体建筑也已经损毁，斜阳草树中只有依稀可见的书院墙基、石础和门槛。作为一所专门教化银矿子弟的学校，书院分前后三栋，前栋三门；中为礼堂，后为讲书堂，颇有气势。从现今有限的资料中，我们得知它在培训人才、教化后代的同时，还有可能传授了矿山管理和找矿、采矿、冶炼等方面的科技知识。从这个意义上来说，正德书院极有可能是中国历史上的第一所职工子弟学校。正是由于蒙山银矿当时的特殊地位和正德书院的办学特色，许多名师名流、乡贤耆老纷纷前来掌院讲学，元代著名书法家赵孟頫就是其中的一位。这位一代宗师在此讲学后意犹未尽，还为正德书院题写了院名。可以想见，当初这位宗师在写字时是相当投入的。那大抵是一个月朗星稀的夜晚，偶尔从山间传来的倦鸟声，将书院浸润在一种寂寥的安宁氛围中。"正德书院"这几个字写得相当漂亮，遒媚秀逸，高风俊朗，有一种力透纸背的凛然之气。

当明王朝的历史车轮随着银矿资源枯竭艰难地碾至万历年间的时候，多宝峰下扁槽洞旁的那方封禁石刻使它成为过去，蒙山银矿就此沦为遗址，湮没在岁月的更替中沉寂了数百年。然而正如人们所说的那样，没有遗址就无所谓昨天，也就无所谓今天和明天。今天来到这处珍贵的历史遗存面前，仿佛就会听到它的默默述说，作为人类文明进步的历史见证和"活化石"，寂静而又久远的蒙山银矿是那样的美丽和神奇。

古井小记

　　被人们誉为"一湾秀水抱城来"的宜春中心城，小家碧玉，因了散落在城中的那些灵泉、珠泉以及七眼井、五眼井等泉井，平添出几分风韵，楚楚动人。与之相媲美的，还有一眼位于明月山下的温泉古井。

　　明月山出城西南方不远，雄奇险秀，风光秀美，近年来声名鹊起，被誉为江南名山。古井在山下温汤镇上的南街，玉盘广场对面。井旁石碑铭文介绍了古井历史，温汤镇也由此而名。

　　不知道哪天开始，这里从曙光熹微到暮色降临，寒来暑往，春夏秋冬，每天来古井取水的人络绎不绝，形成了一道靓丽的风景线。近年来，许多来自世界各地的华文作家先后在这里小住，这些走过了春雨江南，领略了塞上风光之后的文化人自从走近这眼古井，在他们的作品中对此多有溢美之词，字里行间充满了许多向往与赞美。如若冬天来到这里，那氤氲在井口的热气弥漫在寒风萧瑟中，让人感到格外的温馨，暖意浓浓。泡温泉在人们的印象中只能是在冬天，到了古井才知道，温泉其实并没有特别的季节局限性，夏天泡泉也是一种非常好的解暑降温方式。许多从明月山登山归来的人到了镇上便会在此小憩，有的驻足那通立于井侧的石碑前，在古井飘来的悠悠清香陪伴下读着"南宋绍定己丑年间……"的碑文发思古之幽情。而更多的则是围坐在热气腾腾的古井旁，就近租个木桶，用取自古井的温泉水沐足，闭上眼，放松心情，尽情收获着一种满满的休闲与惬意，那从眉宇间不经意流露出来的神情，散淡从容，一派澄澈。

这眼古井历史久远，堪称美泉。

南宋绍定己丑年间，有个叫定运的禅师云游到温汤，见此地山川秀美，一湾溪水蜿蜒穿行于茂林修竹之间，超然空灵。位于溪畔的一眼温泉，可饮可浴，可医可药，人们无不称奇，于是禅师募集资金，修泉砌池，揉造化与人工于一体，极尽匠心。这段往事见于南宋景定四年撰写的碑文，碑文词工句丽，古韵悠长，为古井增色不少。按照公元纪年，南宋绍定己丑年为公元1229年，算来距今已近八百年了，其山水景物的形成当更为久远，因而它被称为"千年禅宗温泉"。

说它是美泉，是因为在我所看到的资料中，这里的温泉是世界上稀有的低矿化度温泉，富含硒和其他多种对人体有益的微量元素。且水质细腻，口感纯正，水温常年在六七十度之间，可饮可浴，无色无味。

　　叫人啧啧称奇的还是这眼饱经雨雪风霜，见证了自南宋以来近八百年沧桑历史的古井。今天看来，它依然清澈丰盈，晶莹剔透，且水位没有明显的季节差异，只要留意井底那些间或涌动的泉眼，便会发现蕴含在古井的那种满满秀丽的流动美。驻足古井看那汩汩温泉，不由得叫人想起了读书时老师讲解"心如古井"这个词的情景，当年在课堂上老师用它来形容一个人的执着与坚贞，怎么听讲都无法理解。如今来到这眼源流一年四季不绝的古井前，豁然开朗，茅塞顿开。前人在遣词造句上的功底出神入化，实在是太贴切、太形象了，不得不令人叹服。

　　近年来这里按照产业化的思路积极打造温泉名片，丰富文化内涵，在洗浴泡汤、休闲旅游的基础上，根据人们的不同需求还引入了养生保健概念，收效明显，充满了生机与活力。前不久在古井旁还举办了一次"我给父母洗脚"活动，吸引了逾万名游客参加，现场许多人发微博、微信，同朋友分享。活动那天秋高气爽，天高云淡，许多人在儿女的陪伴下坐在古井旁，他们一边欣赏着明月山的如画美景，一边泡在热乎乎的温泉里，享受儿女给予的那份幸福与满足，其乐融融，场面十分感人。不少在这里休假的游客，他们的儿女闻讯后也特意从外地赶来围坐古井陪伴，以此感悟父母辛劳，感激父母养育之恩，整个活动充满了温馨和谐。当时，上海大世界吉尼斯总部闻讯还认证此次活动创造了世界纪录。

　　其实我以为，古井旁的这次旅游产品营销活动，不仅仅是创造了一次最多人泡脚的世界纪录，更多的还是古井以它那独特魅力演绎出了一种绵延不绝亘古不变的传统文化，一种感激父母，感激社会，感激所有帮过自己的感恩文化。这种文化通俗地说，就是一种人生态度，就是一种人们的日常行为，以及所表现出来的文明与素养。我们每个人都有事业，都有爱情，当我们收获爱情，事业如日中天时，是否想到了父母的养育之恩、夫妻的濡沫之情以及社会所给予的许许多多帮助与包容。古人说"老吾老以及人之老，幼吾幼以及人之幼"，意思就是在人与人相处中推己及人，推恩及人，使人们都能够互尊互爱，和谐相处。19世纪俄国著名作家托尔斯泰有句名言，幸福的家庭是相似的，不幸的家庭各有各的不幸。家是什么，家是一种情怀，家是一个人的根，家是久别后的拥抱，远行前的叮嘱，是一个充满亲情的地方。家是最小国，国是千万家，传统文化之所以强调修身齐家治国平天下，就是因为只有"家和"，才能万事兴。落其实者思其树，饮其流者怀其源。古井旁的这次吉尼斯纪录，让人们把对父母的感激转化为对社会的感恩，把对家庭的担当转化为对国家的责任，传递出了一种社会正能量。

和煦阳光下的悠闲，生机活力下的宁静，温汤镇上的那眼古井，让人们在神清气爽的不经意间，悄无声息地抖落尘土，走进了一片平和宁静的境地。

那高高的谯楼

在我们宜春，向初次来访的客人介绍这座城市的文化底蕴时，一定会说去看鼓楼。这是因为，鼓楼自它建成的那天起，就一直是这座千年古城的象征。

鼓楼又叫谯楼，是五代十国时期留下来的国宝级建筑，过去是袁州府署的一部分，也是古城西大门的门楼。城门矗立在古城内外交通的必经之地，威严高耸，蔚为壮观。在大多数人的脑海里，谯楼的形象是战争，是防御，是保境安民和生死存亡的一种苦挣。但是当我见到它时，历史已经翻开了新的一页，眼前只有这座高高的谯楼。谯楼外观雄伟、大方、古朴，楼基高耸，城墙的厚度大于高度，稳固如山，南北两端均有观天台，用于观天象、报时辰、察火患，人们无论是站在原地仰视，抑或是前后相望，都会有一种由小到大，由近及远的透视效果。

生活在这里的人们对谯楼并不陌生，以至于就像对待一件穿旧

了的衣服一样习以为常，许多人甚至忘记了它的存在。据说在旧时每
逢节日庆典，地方官员们都会敲响楼上的大鼓，以祈求地域风调雨
顺、祈祷百姓幸福安康。然而每当我陪同客人走过时，这熟悉的谯楼
都会让我猛然心颤，且这种感觉随着岁月的推移和我对它的熟悉了解
愈发强烈。千百年来，这座谯楼栉风沐雨，就像一位阅尽沧桑的历史
老人，身上镌刻着那远古年代挥之不去的记忆。而从这些记忆中所折
射出来的人文精神，就像这座高高的谯楼在城中矗立千年。

公元944年，时任袁州刺史的刘仁瞻动议修建了谯楼。他治军
严明，将士听命，后因治袁有功，被朝廷调任安徽寿州节度使。至
今人们还流传着他在寿州尽忠守节的故事。当年周世宗征讨南唐，
寿州久攻不克，城内军粮已尽，各路援军受阻，城里的守军已是
强弩之末，不少人生出了降敌之心。守将刘仁瞻的儿子刘崇也在其
中，他偷跑出城被抓回来后，刘仁瞻立即宣布就地正法，并将首级
巡视全军，将士们无不痛哭流涕，纷纷表示愿同心死义。后来寿州
城破，许多将士自刭殉国，刘仁瞻誓死不降，大骂周军。其死后被
追赠为彭城郡王，数万后周将士、城内居民肃立于他的灵柩前，整
个寿州默然无声，为这位忠贞刚烈的英雄送行。

这位袁州谯楼的建造者明知无力战胜敌人，却视死如归，大义
灭亲，誓与守城共存亡，其行其义，实在是忠烈可嘉。刘仁瞻虽然
不敌身死，但他却用他的壮举践行着谯楼的人文精神，用他的忠贞
传承着中华民族的美德，用他的忠魂向世人昭示着传统文化的价值
取向。前不久我看到一个资料介绍说，在清朝鸦片战争时期英军所

攻占的城池中，所有的县令都无一例外为国捐躯，与守城共存亡，看到这里，我的眼前又浮现出了刘仁瞻坚守生命信念、尽忠守节的忠烈形象。

到了南宋嘉定年间，时任袁州知府的滕强恕，是名门之后，浙江金华人。有关的资料介绍说，滕家在当地可是一个了不起的望族，父子十代连举九榜同登进士，连续十几代人都先后在朝廷为官，流传着许多勤政清廉、爱民如子的佳话。据说这个家族世代兴旺的奥秘，就在于他们族中始终传承着一种上进和谐的精神。

说滕强恕，可能知道他的人不会太多，然而说到宋代大文豪范仲淹的《岳阳楼记》，知道的就大有人在了。《岳阳楼记》里的主人公滕子京就是滕强恕的祖上。滕子京是范仲淹的老朋友，两人同年中进士。滕子京到岳阳后，不计个人荣辱得失，以国事为重，勤政为民，他在岳阳三年，承前制，重修岳阳楼；崇教化，兴建岳州学宫；治水患，拟筑偃虹堤。三年治政，成就了三件大事。因为有滕子京重修岳阳楼，修书求记范仲淹，我们今天才读到了"先天下之忧而忧，后天下之乐而乐"的千古名句。从这个意义上说，滕强恕是这种精神的忠实践行者。宜春县志介绍滕强恕在位期间"节用爱民，修桥梁，立储仓，无一毫取过于民"，他"稍新谯楼"并置铜壶、夜天池、日天池、平壶、万水壶、水海、影表、定南针、添水桶、更筹、铁板、鼓角，设阴阳生轮值，候筹报时，建成集测时、守时、授时三大功能为一体的天文台，其规模、规格、功能在当时中华大地的地方天文台中最具代表性，安放在台上的天文设备组成了一整套全天候完整的天文钟系统，其科技水平在当时处于世界领先地位。以至于在后来漫长的历史中，从朝廷到地方的时间工作台，都一直沿用着袁州古天文台的测时、守时、授时模式。上世纪90年代初，我们江西省政府还邀请中国科学院自然科学史研究所、南京大学天文系、北京天文馆、南京紫金山天文台、清华大学建筑系等单位的二十多位中国天文学界和建筑学界的知名专家、教授一起将此作为一个重点课题进行研究。大家一致认为，袁州谯楼是中国现存最早的集测时、守时、授时于一体的专门从事时间工作的地方天文台。它比现存于乌兹别克斯坦境内的贴木儿帝国时期建造的天文台要早两个世纪，比位于河南登封的观象台还要早五十多年。

到了明朝的嘉靖年间，一场大火几乎将袁州天文台烧毁殆尽。当时的袁州知府，也就是后来宁波著名藏书楼天一阁的主人范钦，在和同知张泽、通判林日昭商议重修这座谯楼时，充分吸取谯楼失火的惨痛教训，非常注重防火体系建造。可以说，袁州谯楼的这场大火，为他后来在老家建造天一阁提供了警醒和借鉴。前些年范钦后人及其研究者曾专程从宁波来我们宜春访问，他们实地考察后说袁州谯楼与天一阁在防火体系上有许多相似之处。

据说范钦在多地为官，每到一处他都广搜典籍，刻意收集当地公私刻本、经史百家之书，对一些无法购置的书籍就不惜雇人抄录。当他在得罪了当朝的严嵩父子，仕途受阻后更是爱书如命，他把从各地搜集到的书籍全部寄回宁波老家并专门修建了藏学楼。为了给新建的书楼取个寓意"永久保存古籍"的好名字，他受袁州谯楼火灾的警示，并借《易经》"天一生水，地六成之"的话，把藏书楼定名为"天一阁"，取以水制火之义。如今在我们秀江路上还有叫"天一宾馆"、"天一餐厅"的，每次看到这些招牌时我就会想，店主人取这个名字可能也有范钦这层意思，以水制火。

说到誉满全国的天一阁，范钦为了保护自己一生苦心搜集的藏书，采取了非常严格的措施，为后辈制订了如"书不出阁、代不分书"等许多严格的阁禁。当代著名学者余秋雨在他的《风雨天一阁》中讲述了一个令人读后酸楚的故事。嘉庆年间，宁波知府丘铁卿内侄女钱绣芸，酷爱诗书，听到宁波天一阁有数万卷藏书，欣喜之余，为求得有登阁读书的机会，请人为媒嫁与范氏后裔为妻。婚后，钱绣芸对丈夫提出要上天一阁看书时，竟被他以"书不出阁、女不上楼"的家规拒之楼下，钱绣芸由此郁郁不乐，含恨而终。有一年我去天一阁考察时再次听到了这个凄美动人的故事，在抬头仰望那栋藏书楼时，与我对接的仿佛就是钱绣芸那忧郁哀怨的目光。

作为一位藏书家，范钦毫无疑问是成功的。他把仕途受阻后对官场建功的热情转移到藏书事业中，他希望以藏书来建树自己的功名，成就自己的事业。在我国蔚为大观的传统文化中，以天一阁为代表的藏书文化犹如一颗明珠，璀璨耀眼。

走近这座高高的谯楼，往事不觉托举心头，这个千年古城的象征，总是带给我们以思考。自公元944年刘仁瞻主持修建谯楼至今的一千多年间，谯楼几经兴废，数次修缮，其间虽也曾或毁于火灾，或被战争所破坏，但却一直作为袁州古城的地标在城中矗立。

它在向人们诉说着那些美丽、动听故事的同时，还在自觉不自觉地传承着积极进取的传统文化和价值取向，促进中华民族人文精神的形成。刘仁瞻的"尽忠守节"、滕强恕的"节用爱民"和范钦的"代不分书"，就体现出这样一种人文精神。传统文化推崇修身、齐家、治国、平天下的价值取向，倡导以天下为己任，以修齐治平的人生理想来自我约束、自我激励和自我塑造。而当这种积极的人生理想与价值目标受到挫折而无法实现时，他们继而转向另一种思想去寻找寄托，达则兼济天下，穷则独善其身。范钦仕途受阻，转而藏书并取得了巨大成功就是这个精神内核的成功案例。我们的传统文化主张强烈的责任意识，一方面以天下为己任，另一方面强调内在修养，即人格和道德的自我完善。这种思想认识上的互补和进退自如的人生哲学，在一定程度上有利于维持人们的身心平衡，体现了人生进展的有张有弛、张弛相融。"君子以自强不息"，这样一种主张积极进取、奋发向上的人生态度和价值观念既是历史上许多仁人志士的精神支柱，也是我们现在和将来所需要的精神力量。每次到鼓楼广场，看到的不仅仅是这座高高的谯楼，在我的眼中，它的一砖一瓦还充满了传统文化的人生哲学和价值取向。正因为有了这座谯楼的存在，千年古城才积淀起了一份厚重的文化底蕴。

在文化沟通便捷的今天，这座谯楼的主要意义已不再是击鼓授时、祈求安康了，而其作为传统文化博大精深的一种象征还有待于进一步整理与保护。由此我想到了我们对古建筑的保护，如果只是仅仅局限于这些砖头瓦片的保护，而没有很好地挖掘与阐发其赋予的内涵，则很难发挥其传承、研究等历史价值，激发人们思考奋进，激励人们积极面对人生、面对社会，也很难使我们优秀的传统文化成为新时代鼓舞人民前行的精神力量。据说在二战时，英国首相丘吉尔曾说过"宁愿失去一个印度，也不愿失去一个莎士比亚"的话。我想他之所以说这样的话是因为他清醒地看到了文化化人的重要意义，因为在英国成为帝国的过程中，莎士比亚的作品极大地提升了整个民族的人文精神。当然，对当时的英国来说同等重要的还应包括牛顿的力学定律和亚当·斯密的《国富论》，前者拉开了英国工业革命的序幕，后者确立了它的经济新秩序。前些年我在随团访问巴黎时根据接待方的安排参观安葬了几十位思想家、作家、艺术家和科学家的法国先贤祠，正门上镌刻着"献给伟人，祖国感谢他们"一行字，开始时我们一行人对此都不是十分在意，听过介绍后我们懂了。这是因为，在法国人的心目中这座先贤祠是他们思想与精神的圣地，他们认为是长眠在这里的这些伟人成就了法国精神和文化。丘吉尔说他愿意用一个印度换莎士比亚，实际上就是在强调文化的重要性。

走过这座高高的谯楼，蓦然回首，使人深切地感受到我们那历经千年发展的传统文化，感受到传统文化被整个民族认同所具有的穿透力和生命力，感受到从中所体现出来的一种人文精神。这种精神，实际上就是一种人格的完善，美学的纯粹，是一种我们可望又可即的精神境界。人们一旦进入了这种境界，当自强不息，奋发有为，鞠躬尽瘁，死而后已。人间因此英雄辈出，历史因此篇章辉煌！

千年吴城

　　我们就这样作别吴城，和以往一样来去匆匆……

　　即便如此，在这方充满了神奇的土地上，我依然觉得有种力量让我感动不已。

　　坐落在赣江之滨的吴城，位于古萧江的上游，是我市樟树下辖的一个乡，原来叫"山前"。上世纪修水库时，这里的吴城村出土了大量既有浓厚地方特色，又有明显中原殷商文化影响的文物，作为吴国的早期文化，遗址被考古学家命名为"吴城文化"，于是乡名便也顺理成章地改成了"吴城"。吴城乡政府所在地的人们还是习惯沿用旧名叫山前，通常所说的吴城是指出土了大量文物、距乡政府不远的古文化遗址吴城。

　　这里丘陵起伏，水网密布，土壤肥沃，物产丰饶，是距今三千五百至三千年前华夏大地上一座美丽而又繁华的商代方国都邑。流向赣江的古萧江，相传因南朝梁武帝封从弟萧景为吴平侯，子萧励继爵位食邑千户，曾辖此水滨而得名，它绕吴城而过，连接起吴城与华夏各地的往来。"泰伯奔吴"的美丽传说在古萧江中缓缓流淌，激荡起吴城悠久的历史文明。

依然记得第一次慕名探访吴城时的情景，那天我们站在水库大坝上，在专家的引导下远眺吴城，萧江护卫下的古城前有律坪作案山，后以三岭为主心，整个地形处于马鞍山和木鱼山的拱抱之下，简直"天造地设"一般。几千年前，吴城的先民独具慧眼，找到了这样一个适宜人类生存繁衍的地方，为后来的吴城发展创造了条件。

发现这处古城遗址具有极大的偶然性。上世纪70年代，在红旗招展、歌声嘹亮的水库工地上，一位村民挖出了一块青铜残片，捡起来一看原来是块"烂铜"，便不经意地随手丢在一边。不料这样的"烂铜"越挖越多，到收工时已是一大堆，还有许许多多石器及上面刻有各种几何纹饰的陶片。村民们当然看不懂这些东西，但直觉告诉他们这件事情有些蹊跷，便立即向上级有关部门作了报告。这一下引发了一个考古大发现，原来这里竟是一处殷商时期的古窑址，是古代专门烧制陶器的窑址，并由此发现了一座三千多年前的商代古城，进而颠覆了一个千百年来"商文化不过长江"的权威论断。修水库的村民当时怎么也没想到，在这极其普通的一天里，在这极其普通的一锹中，他们竟然挖出了一处长江以南首次发现的大规模商代人类居住遗址，一座商代中晚期的都邑遗址。它的发现改写了江南古代文明史，也改写了中国的历史，打开了一扇轰动世界的大门，成为"中国20世纪100项考古大发现"之一。

就像普通人在无意间会揭示出惊天大发现一样，从这里出土的铸铜遗迹、工具和精美的青铜器，以及无数刻有各种纹饰的陶片，历经数千年而光泽熠然，默默地向世人诉说殷商时期的伟大文明，彰显着我们中华民族的辉煌和自豪。要知道，这座位于长江以南具有几千年历史的古文化遗址，对整个中国文明的起源产生了多么巨大的影响！早在三千多年前的殷商时期，我们赣鄱儿女就已经能和中原人民一样，熟练地掌握青铜铸造和陶瓷烧制技术，生产出高质量的青铜器和陶瓷器。这雄辩地证明了华夏文明的源头并不仅仅来自北方的黄河流域，和它一样，长江流域也是中华民族的甜蜜摇篮，也是我们伟大民族的温暖故乡。吴城遗址标志着早在三千五百多年前，吴城已进入了人类的文明时代。历史上被称为"荒服之地"的赣鄱大地，也成为中国吴文化的重要源头。尤其让我们引以为豪的是，在五千年的华夏文明中，我们的吴城文化就有三千五百年，着实风光无限。

千百年来的风雨侵蚀，岁月沧桑，使得古城残垣千疮百孔，但我们依然能清晰地看到外城垣和整个古城商贾市井的轮廓。吴城遗址土城内面积有六十多万平方米，由四座连绵不断的山丘组成。所有的垣体充分利用地形条件挖高补低，先平整地面，在主城墙相应的地方，再向下挖出一道与城墙平行的口宽底窄、底部平坦的斗状沟槽，然后用纯净生土一层层堆垒，把城墙加宽，泼水夯实，直到墙体达到设计的高度。城垣四周的缺口犬牙交错，但其中的一些缺口特别显眼，它们的形状、结构、布局以及宽窄度都比较恰当，缺口两侧还能依稀见到城墙墙垛的遗存。后来我才知道这些缺口都与城门有关，五个缺口在当地祖祖辈辈的口口相传中分别被叫作北门、东北门、东门、南门和西门。这些普通的山丘和缺口，在我们的眼里每一座都充满了历史，给人一种厚重的感觉，使人肃然起敬。后来我还知道，吴城遗址这里的自然村叫"铜城"（这可能与吴城历代出土的大量青铜器有关），土城外还有城上、城山等自然村，想来都和这座古城有关。

陪同的专家向我们详尽地介绍了吴城的出土文物，从农业生产工具到青铜礼器、兵器，从生活陶器到原始瓷，其中还有不少镌刻着天书一般奥妙的符号、陶文，每一件文物都足够学者们写几篇大文章。这些出土的文物，反映出发展水平最高的是青铜铸造业，吴城古城内所出土的大量铸铜石范和铜渣、木炭以及青铜铸造遗迹，规模之大、设施之完善、工艺之精湛，无不令人叹服。在这里出土的陶器品种之丰富、造型之独特、制作之精美、纹饰之规整也是罕见的，显示出了吴城遗址作为中心遗址的显赫地位。然而让我们最为惊讶的发现是，在这里，三千多年前的人们已经有了建筑，已经在烧制陶具，已经会种植稻谷。而且出土的青铜酒具斝足石范与青铜斝相吻合，说明青铜斝是在当地生产的，也可以说当时的吴城人极有可能已经掌握了酿酒技术，进而研究得出结论，具有清香醇厚特点的白酒原产地极有可能就是在吴城。

徜徉在古城遗址，一块块陶片，一段段城垣仿佛在向我们诉说着吴城昔日的辉煌。土城内曾居住着大量的人口，商业贸易繁荣，因社会发展的需要，城内分为生活区、制陶区、铸铜区、祭祀区等几大区域。整个古城规划周详、布局合理，这里除了垒筑有高大的城垣，辟有东、南、西、北、东北五个城门外，城门两侧还有内外望台，城内有居住区、制陶区和铸铜区等各个不同的功能区。街巷星罗棋布，道路四通八达，蔚为壮观。尤其是它还有配套的祭坛及宗庙，铺设考究的廊道，大量树旗杆用的柱洞和祭祀广场。专家说，这个祭祀广场极为重要，作为一个都邑形态（有的也叫方国或国家），除了应该具有城墙、青铜器、文字等条件外，一个必备的条件就是具有祭祀之所。吴城遗址呈现给我们的就是一个具备了政治、经济、文化和礼仪条件，且相当完整的地方，毫无疑问这里是当时的一个中心。记得前些年我在外地与一些研究吴文化的朋友相聚，席间不知怎么说起了吴文化，说起了吴城遗址，说起了吴城与"泰伯奔吴"的传说，当时那几位学者朋友都夸张地瞪起了眼睛，嘴里还不时地发出"嘀嘀"的感叹声，他们一再地要我确信，吴城遗址就在我市樟树的辖区内。

在吴城文化名声大振的同时，吴城遗址中也包含着许多无法掩饰的蒙昧和野蛮。考古专家在对其中的一段城墙进一步发掘时，在近四米深的外城壕中发现了密集的商代人头骨，一个不到四平方米的范围竟发掘出了二十多具头盖骨和部分肢骨，头盖骨上还依稀可见刀砍斧劈的痕迹。据此专家推测，在这城壕的两侧城壕里肯定还有大量的人头盖骨，只是现在还不具备作进一步发掘的条件。在考古中被发掘出的头盖骨，一般有两种产生的可能，一种可能是战场上的俘虏战后被砍杀，另一种可能是古代祭祀过程中举行猎头仪式。就吴城遗址发掘出来的这些头盖骨来看，极有可能是战俘被割首所致。头盖骨的发现，反映了当时发生在吴城地区战争的规模、方式和惨烈程度。当然，这一切也绝不仅仅出现在吴城遗址中。

作为吴城文化的中心，吴城与"泰伯奔吴"的美丽传说密切相关。吴城人民也将"泰伯奔吴"的美丽传说和他们的生活习俗一起，传承至今。

泰伯又叫吴太伯，是公元前12世纪的商周人，被古往今来众多史学家公认为黄河流域与长江流域经济、文化交流的鼻祖。

史书上记有泰伯"三让王位"的感人故事：周太王生有长子泰伯，次子仲雍和小儿子季历。季历的儿子昌聪明早慧，堪当大任，深受太王宠爱。周太王想立季历为继承人，以便传位于昌，但根据当时传统应传位于长子，太王因此郁郁寡欢。泰伯明白了他父亲的心愿后，为了避免自家兄弟同室操戈，也为了成全年迈父亲的这个心愿，更是为了社稷大局，泰伯和二弟仲雍就以为父采药的名义一起出走，奔波到了遥远的南方，一个叫"荆蛮"的地方，然后又来到吴城。因此老三季历得以顺利继位，周太王去世后，泰伯和老二仲雍回去奔丧，这时季历和群臣都要求他归位，泰伯坚决不从，料理完丧事立即重返江南，王位仍由老三继承。老三季历当然也不负厚望，他坐上王位后致力于对内整肃朝纲，对外征战讨伐。后来，季历遭到了商朝统治者的嫉恨被害致死，泰伯回来奔丧时群臣又再次请他继位，他依然不为所动。于是王位由季历的儿子姬昌接任，这位姬昌就是后来显赫一时的周文王，灭商后开创了中国历史上长达800年之久的周王朝。吴泰伯三让天下的崇高德行，为历代朝野文人学士、骚人墨客所景仰。孔子曾在《论语》中说："泰伯，其可谓至德也已矣。三以天下让，民无得而称焉。"司马迁在《史记》中也引用孔子的原话大加称赞，并特意把吴泰伯排列为吴氏世家位次之首。

吴泰伯的到来，大大提高了吴城地区农业生产水平，促进了当地经济、文化的发展。那时，江南的农业生产水平与中原地区相比极其落后，处于"刀耕火种"的原始状态，人们过着"半生为食，以棚为窝"的生活，文化上更是不值一提。泰伯兄弟到吴城定居后，主动与吴城的先民打成一片，和睦相处，并参照当地人的装饰剪短头发，在自己的身体上描画花纹，表示与周族划清界限。泰伯兄弟带着先进发达的先周文化技术而来，把中原地区的先进科学文化和农业生产经验传授给吴城先民。在饮食起居上，泰伯兄弟引导人们改"半生为食"为"全熟为食"，改"以棚为窝"为"建村立巷"，不仅增强了吴城先民的体质，而且还有效地改善了居住条件，迅速得到了吴城先民的信任、尊崇和拥戴。后来，泰伯离开吴城，从这里沿潇江下赣江到达鄱阳湖边的永修吴城，再到今天江苏太湖的吴越一带。据说当年泰伯去世后，吴城人念及其德行高尚，还在城外建"吴王庙"年年祭祀，因泰伯生前教化吴城，尤其喜爱种麻，吴城人纷纷腰束丝麻，敬献白花以示哀悼。后来这个礼仪在当地逐渐演变成了晚辈子孙为去世长辈"披麻戴孝"的丧葬礼俗，且沿袭至今。

每次我走近吴城，或探秘或寻幽，或陪同或随行，目睹那散落在荒草之间的片片陶器、件件石器和夕阳下的断壁残垣，吴城犹如一位悲剧英雄令人感动。在这里，它不仅仅洋溢着一种我们伟大民族的创造力和亲和力，还缔造出了一种和谐、包容的厚重文化。

吴城，作为古吴文化的发源地，人类文明在这片美丽富饶的赣鄱平原前后延续了整整五百年。但直到今天，吴城文化的发掘仍然只是冰山一角，仍有许多器具和建筑物被深埋在地下，仍有许多优秀厚重的人类文明亟待我们探寻。令人高兴的是，樟树市拟依托现存历史遗迹，结合修复吴城风貌，将遗址建设成为一个"国家考古遗址公园"的规划已经确立，相信不久就可以让逝去的古城再展风采，再现文明。

千年吴城，尽管风光不现，然而在我们的眼中，它却是一座充满了亲和礼让、友爱包容的美丽名城，一座具有悠久历史、厚重底蕴的历史名城，一座代表着时代进步、人类文明的文化名城。

千年丛林

　　香烟缭绕的宝峰寺，位于靖安宝珠峰下，闲雅静谧。那间或从天边飘来的薄雾流云，不经意间就给寺院披上了一层厚厚的禅意。因为一代宗师马祖道一和它紧紧地联系在一起，这里又被誉为天下名刹，千年丛林。

　　在我看到的资料里，马祖道一在四十余年的弘法历程中，共有四十八处大大小小不同规模的丛林与他密切相关，其中最大的一处丛林就是宝峰禅寺。这里层峦叠嶂，树木葱茏，山川回合，气势磅礴。寺前两侧那副"宝峰净域，法雨源流，天下丛林从此启""马祖道场，宗风广被，西来大意个中求"的楹联，再现了马祖道一波澜壮阔的弘法进程，叙述了宝峰禅寺风靡南北的历史地位。

　　禅宗的丛林建设首先从马祖道一开始，并由此创造了禅宗的辉煌，奠定了他在禅宗发展史上的独特地位。佛教自东汉时期传入中国以来，逐步与传统中国文化相结合，逐渐走向兴盛，最终形成了具有民族特色的中国佛教。由于传入的时间、途径和地区不同，以及在传入过程中民族文化、社会历史背景的差异，先后形成了汉传佛教、藏传佛教和上座部佛教。在汉传佛教中又先后形成了包括禅宗在内的天台宗、三论宗、法相宗、律宗、净土宗等各种学派和宗派，且互相联系，互为影响。在这些宗派中，禅宗是汉传佛教的主要象征之一。千百年来，禅宗与传统的儒道文化水乳交融，血肉相连，展现出一幅辉煌的画卷。而创造禅宗这一辉煌，开一代宗风的正是马祖道一及其所创立的丛林制度。从这个意义上说，马祖道一开创了中国佛教新天地。

马祖道一所创立的丛林就像一个和睦相处的大家庭，全体成员在家长的带领下修房种地，集体生产，集体生活，集体修行，寓修禅于劳动之中，经济统一支配，家庭成员个人没有任何私人财产，较好地从源头上改变了禅僧流动不居的生活习性，从物质上保证了禅僧生活上的自给自足。马祖道一在江西弘化禅法多年，开创了"洪州宗"这一宗风，对中国的哲学思想、民族文化、道德观念等产生了深远影响。这位禅风质朴、智慧高深、胸襟宽阔、气势非凡的得道高僧，连同他所创建的丛林就这样永远地留在了中国佛教史上。

作为一种外来文化，佛教传入中国后曾有过辉煌，但更多的经历是从散乱到钳制的坎坷，千百年来风风雨雨，是是非非不断。在禅宗创立后的一千多年间，也历经变迁，特别是唐武宗会昌年间的废佛运动中，许多宗派因此式微，鲜有传人，可以说是一片沉寂。

禅宗这时也走到了最为紧要的关头。佛教最初传入时，禅宗得到了迅速传播，然而它的迅速发展也带来了一个很大的问题，僧人居无定所，食不果腹。当时的僧众普遍实行一种乞食制度，这种制度与以农立国、勤俭持家的国情大相径庭，引起了知识分子与朝野的反感。在这样的背景下，马祖道一顺应时势，创建丛林，农禅并举。他聚众授徒，建立起集体劳作、共同参修的制度，僧众面貌焕然一新。禅宗丛林制度的出现，使得出家僧众塑造出了一种行止有序的道德风貌和严持戒律的清静形象，很快为社会所认同，为民众所崇奉，从而奠定了禅宗发展的基业。后来马祖道一创立的这一丛林制度为中国佛教其他各宗派所采用，成为中国佛教寺院的基本制度之一。由于有了丛林建设，禅宗在唐会昌年间不但没有沉寂，反而法脉繁盛，源源不断。在这十分困难的情况下，马祖道一创建丛林之举，还有效地维持了中国佛教鼎盛时期的许多宗派教义，对于沟通中国佛教文化的交流，促进各宗派的融合会通，组成完整统一的、适应当时社会的汉传佛教体系起到了重要作用。试想，如果没有马祖道一的锐意革新，别立禅居，就很难有后来法海的禅波涌动，薪火相传，也就不会有今日禅宗的丛林一片。

马祖道一肇建丛林的创新与改革是成功的，其独特的修行理念与修持方式和其机锋峻峭、杀活自如的宗风，使得禅宗枝繁叶茂、法海横流。资料记载，马祖道一的门下宗风极盛，号称有"八十八位善知识"，法嗣一百三十九人，均各为一方宗主，且转化无穷。其中以号称"洪州门下三大士"的西堂智藏、百丈怀海和南泉普愿最为有名。后来百丈怀海在马祖道一创建丛林的基础上又创立了一套禅门规式，使得农禅并举的理念得到了进一步弘扬，成就了一段"马祖建丛林，百丈立清规"的佛教佳话。而在百丈怀海门下的弟子中，沩山灵祐和黄檗希运均为宗门翘楚，沩山灵祐后来与他的弟子仰山慧寂创立了禅宗中的沩仰宗，黄檗希运与弟子临济义玄创立了临济宗。这时在禅门又逐渐产生出了禅宗主流的曹洞、云门和法眼三宗，禅门一花五叶，尔后又在五派基础上形成了七宗，再到后来的各种形式，各宗各派。禅门的源远流长，可以说与马祖道一新颖独特的丛林建设及其教育制度密不可分。

进入宝峰禅寺，但见古柏参天，梵宫巍峨，僧众行止有序，寺院道风井然。行走在这充满人文历史气息的佛门净地，人们在意的不仅仅是焚香礼佛，还有在这古朴、静谧、清幽的环境里，通过它那肃穆宏伟的殿堂，栩栩如生的佛像体会其中所蕴含着的一种传统文化。大雄宝殿是宝峰禅寺的主体建筑，殿内十分宽敞，可容纳数百位僧众同时诵经礼佛。据说因为历代高僧大德和尊宿积年累月都在这里修持的缘故，在今天宝峰寺的大雄宝殿中形成了一个很强的气场。我浊俗笨重，在这里尽管没有任何的气场感应，但金碧辉煌的殿宇、壮观儒雅的法会和余音绕梁的梵音，以及那镏金饰彩的菩萨和这些菩萨各显神通的百态，还是让我不由得感到禅宗的源远流长、博大精深。

来到了这里，有一个特别的地方不能不去，这就是寺后那座安放着马祖道一灵骨的舍利塔。舍利塔塔形古朴、莲瓣覆钵、六角飘檐。这座外表看上去并没有什么特别的舍利塔，有着极为丰富的内涵，准确地说，这里是中国佛教文化的一个新起点。从此，中国佛教文化就像塔前的那两株千年金桂树一样，饱经沧桑却枝繁叶茂。塔上的铭文叙述了马祖道一的生平、得法经过和传法过程，读之令人不由得生出一股追思之情。马祖道一在他漫长的弘法岁月里，以其所建立的丛林为中心，通过他那现实纯朴的教学特色和应机接物、变化无方的教育方式，传导他的即心是佛、非心非佛、平常心是道的禅学思想，开创了中国佛教史上的一个新时代。

当时，传入汉地的佛教形成了三个传法中心。一个在北方以长安为中心，一个在西北以甘肃武威为中心，还有一个在南方，以江西湖南两地为中心。在湘赣两地，本为师兄弟的马祖道一和石头希迁分主江西和湖南，他们各为宗主，宗风一张一弛、一卷一舒，马祖道一提倡大机大用，棒喝峻烈，石头希迁主张细密平稳，回互叮咛。但两人之间道义弥笃，亲密无间。他们两人经常派遣各自的弟子沿着九岭山脉到对方的丛林去对答禅理，参学问道。因而当时的僧人参禅不是去江西便是到湖南，以至于到最后在佛门形成了"如果没有见到马祖和石头便为无知"的共识。僧众在这两地来往不断，人们习惯形象地称之为"走江湖"。这种宗教文化现象的结果不只是增添了禅宗的绚烂和光彩，更像一块肥沃的田园，沿着九岭山脉孕育出了靖安、奉新、宜丰、袁州、上栗等地的多个传法中心，成就了禅宗"一花五叶"的发展与繁荣。

马祖道一主张在大量的日常生活场景中随时随地地"接机"，

将佛法生活化，信众平民化，修证劳动化，让人们在日常生活中体悟佛法真谛，这至今也是中国佛教的精髓。然而令人感到迷茫和不解的是，马祖道一所开创的非常生活化的一代宗风，当下在一些地方被功利化了。一些寺庙利用人们的善良把礼佛引入误区，催生出一种吉日抢烧头炷香的现象。按照马祖道一即心即佛的禅学理念，烧香拜佛讲究的是随缘，是平等。逢庙烧香，见佛就拜，一年三百六十五日，应该天天都是吉日；一天二十四小时，时时都是好时辰。没有必要去争你前我后，更没有必要花巨资去烧所谓吉日良辰的第一炷香。刻意选择初一十五、吉日良辰去烧香拜佛，把礼佛作为一个满足某种虚荣的平台，这不免离散了马祖道一的佛心，亵渎了禅门净地的庄严。

禅学理念作为一种文化，让这座千年丛林充满了和谐圆融的智慧，以一颗圆满知足的平常心来处世接物，以一种包容感恩的情怀去推己及人，以一种乐观豁达的胸怀去对待生活，这种人生智慧在今天仍然不失其价值。禅学是我们传统文化中一支不可或缺的脉络，我们平常使用到的一些词汇和成语或是来自于这座丛林的佛教典籍，或是与马祖道一和他弟子的佛教故事有关。除了上述提到的"走江湖"这个词语外，还有"顿悟"、"当头棒喝"等。其中"当头棒喝"讲的是马祖道一的徒孙，宜丰黄檗希运禅师考验弟子悟性的故事，在最近刚落成的那座独具文化魅力的宜丰竹文化园里还再现了这个场景。据说他教育弟子时，上来不问情由地就给对方当头一棒，或者大喝一声，而后提出问题，要对方不假思索地予以回答，后人将这种促人醒悟的古怪方法称为"当头棒喝"。在历史长河中，有许多文人也与这座丛林结下了不解之缘。如位列唐宋八大家的苏东坡，当年他谪居湖北黄州前往瑞州探亲时，就以"东坡居士"的身份来到宝峰禅寺焚香礼佛，谈禅说理。还有魂归万载的东晋大诗人康乐公谢灵运，这位中国文学史上的山水诗鼻祖虽然没有走进这座丛林，但他所写的许多山水诗都与体悟禅理关系密切。他用"池塘生春草，园柳变鸣禽"写春天，用"野旷沙岸净，天高秋月明"描秋色，用"明月照积雪，朔风劲且哀"绘冬景，佛理与景物的相互交融使得诗歌呈现禅机一片，极大地丰富和开拓了诗歌的境界。也正因为有了他在诗坛的这种成就，才确立了山水诗在中国文学史上的地位。

　　走出这座千年丛林，但见寺后七岭奔来，左右两峰环抱，缓缓流经寺前的北潦河水仿佛在述说着一代宗师拈花示众、步步莲花的不尽禅机，他那顺势创新、探幽发微的流风余韵给人以思索与启迪……

泉井旁的随想

　　历史上的袁州被誉为江南佳丽之地，远近闻名。这其中原委我想除了文风昌盛之外，泉井也为它增色不少。

　　袁州的泉井虽不及泉城济南"一城山色半城湖"那般迷人陶醉，也不及太原晋祠"四面水声三面柳"那样万种风情，但泉眼众多，泉水清澈，甘美可口，却是有一比的。遗憾的是当年乾隆皇帝下江南没有来到袁州，不然说不定这里的哪座泉池也会被赐封为天下名泉。乾隆雅好评水鉴泉，据说他有个习惯，无论到何处出巡，都要带上一个银斗来称量各地名泉的轻重，比重越轻水质越佳。燕京玉泉被赐封为"天下第一泉"，就是因为它的比重最轻且水质甘冽。乾隆还为此雅性十足地作了《玉泉山天下第一泉记》，刻碑立于泉旁。泉井是袁州城里的一道景观，泉井数量多，泉水流量大。走进城里的老街古巷，随时都能看到泉井和泉池的影子，有的新生，有的湮没。除了人们耳熟能详的灵泉、珠泉、龙来泉以及七眼井、泉井头之外，还有许多散落在城里的老街古巷中。仅黄颇路上叫得出名字的就有汤家古井、李家古井、徐家古井、贺家古井、长发先里古井等……难能可贵的是，现在人们见到的这些泉井依然旱不涸、雨不溢，涓涓清泉，明净澄澈。这些泉井独特的形貌声色在给人们以灵动与生机感觉的同时，也为袁州这座古城赋予了一种温婉超然的风骨。泉井是市民生活中的一部分，面对着这些形态各异让人惊叹的灵动之泉，他们眼里看到的还有日常生活中的柴米油盐。泉源喷涌之处，百姓的洗漱声，市民的茶水香与孩子们的戏水之乐交融在一起，成为人们了解古城文脉，体验市井生活的一个去处。

　　泉是大自然赐给人类的一种宝贵水资源，因了独特的地形地质条件而形成。至于有的喷涌而出，有的汩汩外溢，则完全取决于地下水的赋存条件了。然而，人们在开发利用过程中，因为对泉水的神奇没得到科学解释，逐渐对它形成了一种崇拜，并且用丰富的想象力创造出许多美丽的神话传说，给泉井平添出瑰丽多彩的文化内涵。珠泉，这个被誉为宜春古八景之一的"南池涌珠"就有许多传说。元朝末年，朱元璋征讨陈友谅于鄱阳湖上。朱元璋猛将如云，陈友谅兵多将广，两军交锋勇者胜，最终朱元璋的队伍丢盔弃甲，一干人马逶迤往西败退。时值江西全境大旱，赤地千里，将士们饥渴难耐。朱元璋情急之间大呼："前面袁州府有道泉水岭，泉如珠涌，水甘似醇。"众将士赶到泉水岭，只见除了山冈并无泉水。朱元璋无可奈何急得跺脚，不料泉水瞬间如珍珠般从他跺脚的坑中涌出，"少顷成池"。朱元璋大喜，待将士畅饮完毕，令人拿来笔墨题下了"珠泉"两个大字。"珠泉"又叫"猪泉"，传说明朝万历年间一位秀才进京赶考，行至泉水岭下暑热难消。恰巧一老汉赶猪经过，见状心想如今久旱无雨，恐是龙王生怒，何不杀猪息龙王怒，也解书生之渴。片刻工夫，一股清泉汩汩而出，如醇甘霖，令人长饮不舍。秀才百感交集，取出笔墨在石头上写下两个大字："猪泉"。以往，人们凭着淳朴的感性认识得出结论，泉水就是上天的恩赐，泉水就是神水。因而不仅创造了许多美丽传说，还修祠建庙，对泉水之神顶礼膜拜。"灵泉"一侧过去有座圆通庙，相传古时每逢干旱，人们就会到此祀龙求雨，且"屡验不爽"，非同一般，这里的泉水历来被视为具有灵性而称为"灵泉"。

在清澈甘冽的泉井滋养之下，袁州诞生了许多的历史文化名人。晚唐时期江西的第一个状元卢肇就曾经住在这里，同时这里也是易重、黄颇、郑谷等历史文化名人的诞生地。此外，历史上还有很多知名的人物与袁州有着不解之缘。东汉隐士袁京隐居于此，唐代政治家李德裕（世称李卫公）在此读书，文学史上"唐宋八大家"之一的韩愈在刑部侍郎任上谏迎佛骨被贬，后来量移袁州，从此赢得了他的生前身后名。散落在老街古巷深处的泉井还是一方名胜，引得历史上的许多文人墨客流连忘返，留下了许多的佳作名篇。两宋名臣、时任知州的曾孝序以他清新的笔调作《灵泉记》传世，清初著名书画家江皋的《珠泉记》则用生动的语言描写了泉水腾跃激荡的形貌，生动形象地表现出珠泉天然灵秀的神韵。还有黄庭坚、祖无择、蒋如奇、徐琏、施润章等人的诗文或用浑然天成的语言描绘泉水淡雅清幽的形貌，或用精巧细腻的笔触表现泉眼无声细流的恬静韵致，诗文朗朗上口且流传至今。站在泉井旁看这珠涌泉喷，那一池碧水、无限风韵，极易让人想起那些与泉相关的格言警句。通常形容才思敏捷，我们会说"文思泉涌"；形容山水之乐，我们常用"林泉之趣"；形容悲极喜极，我们则会以"泪如泉涌"来表达；教育别人常怀感恩之心，我们讲得最多的则是"滴水之恩，当涌泉相报"等等。泉是有灵性的，现代民间音乐家阿炳双目失明后追忆水光山色、泉流月涌的时光，进而创作出了不朽的二胡名曲《二泉映月》。月光似水，静影沉璧，那委婉悠扬的二胡琴声，将人们引入夜阑人静、泉清月冷的意境之中，如怨如诉，令人感动，伴随着柔和光华的明月，那从琴弦上流淌出来的二泉韵律，感人肺腑，使得无锡惠山下的那泓清泉平添出许多神奇魅力。

前不久，友人陪伴我在城区看泉井。我们穿行于鳞次栉比的高楼大厦间感受泉水文化，体验泉井生活。阳光下泉涌清流，如珠如玑，叫人流连忘返，真想让时光打住，让这般景致年年岁岁、岁岁年年在人们的生活中缓缓地流淌。

颂

Song

禅意书香

　　在素有"仙源灵境"之称的奉新县，她那厚重的地域文化给人一种禅意书香的感觉。

　　首先是她的禅文化。唐朝时，奉新百丈山上的百丈寺因为皇上唐宣宗御赐匾额而尽显皇家瑞气。地处偏僻的百丈寺得以获此圣眷，与唐宣宗当年为避武宗之忌在此当过和尚有关。奉新西南部有座山叫"驾山"，就是得名于当年唐宣宗经常在此登临，"驾山"之南的山叫"王见山"，则是因为唐宣宗站在"驾山"之巅看过它而得名。在当地，人们至今还津津乐道一段唐宣宗的诗话。一天他在百丈犀牛潭瀑布春游时偶遇一位大德高僧，高僧借景抒情，面对瀑布高声吟道："千岩万壑不辞劳，远看方知出处高。"唐宣宗应声而答："溪涧岂能留得住，终归大海作波涛。"后两句托物言志，君临天下的浩然之气溢于言表。唐宣宗即位后，对为僧云游的日子难以忘怀，对百丈寺僧人对他的照顾心存感激，对佛教更加推崇备至。因此一即位，他就御赐百丈寺"大智寿圣禅寺"匾额。

其实，百丈寺的名气除了上述机缘沾有皇家瑞气以外，更重要的还与怀海大和尚在此主持制定了一部丛林清规（又叫百丈清规）密切相关。此前禅林尚无制度，僧众行为失范，扰民现象时有发生。百丈清规为此对僧众做出了许多具体规定。尤为可贵的是，这部清规在寺院经济管理方面规定了僧众应饮食随宜，务于勤俭，全体僧人均须参加劳动，"上下均力"，"一日不作，一日不食"，从而在经济上为禅宗历久不衰提供了制度保障。今天人们走进这座宏大庄严的佛门净地，便生出一种平淡的意境。晨钟暮鼓之间，寂静的寺院、稀疏的枯树和远近高低的朦胧山色构成了一幅空寂的自然景观。

在奉新历史上，还有一位和尚有名气，那就是明末清初的著名书画家八大山人。他原名朱耷，为明宁献王朱权的九世孙，在家破国亡之际隐居奉新耕香庵做和尚二十余年。其间他不闻世事，寄情山水，吟诗作画。由于他的特殊身世，在当时的时代背景下他的画作只能通过他那晦涩难解的题画诗和那种怪怪奇奇的变形画来表现。他在画作上署名时更是特别，常常会把"八大"和"山人"竖着连在一起写。前面两个字有时像"哭"字，有时又像"笑"字，而后面两个字则类似"之"字，他就是以这种时而哭之时而笑之的表现形式来表达对故国沦亡的悲愤心情。奉新山区多有奇山怪石，茂林修竹，绚丽的美景成为八大山人艺术创作的丰富源泉，他的山水花鸟精湛真切，取法自然，奇山怪石只是寥寥数笔便神情具现，形成一种高旷纵横的独特艺术风格。八大山人以绘画为中心，对于书法、诗跋、篆刻也都有很高的造诣，堪称一代宗师，名著于世。

在奉新有一张锃亮的人文名片，那就是在世界科技史上享有极高声誉的宋应星，他的《天工开物》被誉为十七世纪中国科技的百科全书。为纪念这位具有卓越贡献的科学家，县里的有关部门用声、光、电、图、实物等形式，将书中详细记录的当时各种农作物和工业原料的种类、产地、生产技术和工艺装备，以及一些生产组织经验，在以他名字命名的纪念馆里全方位进行展示，有数据，有插图，还有不少实物，让人身临其境。《天工开物》被誉为百科全书，令人信服，名副其实。与此相类似的书，奉新还有一部《梭山农谱》。作者是生活在清朝顺治、康熙年间的奉新上富人刘应棠，盛唐著名诗人刘眘虚的一位后人。和《天工开物》不同的是，《梭山农谱》是一部总结当时农业生产经验的专著。该书详细记述了农业生产的全部过程及当时用于从事农业生产的所有工具，并解释了农事的原因，交代了农事的作法，讲述了农事的功能和作用，说明了农事的要求和标准，分耕、耘、获三卷，为我们今天研究当时的农业生产和社会状况提供了翔实的资料。何止如此，我国现存最早的一部韵书也诞生在奉新，叫《韵府群玉》，它的作者阴幼遇，老家在罗市阴村。作为一部工具书，在元、明、清的时候，它一直是许多文人墨客作诗押韵的依据。应该说，《韵府群玉》在音韵学上的历史地位是显而易见的，今天我们说它是中国古代文化宝库中一份极其珍贵的遗产，一点也不虚妄。

　　说到奉新的人文，熟悉这里的人们会很自然地想起位于赤岸浮云山上的那座华林书院。这是宋代国子监主簿胡仲尧在老家创办的一所家族式书院，与岳麓书院、白鹿洞书院、鹅湖书院齐名，宋代著名文士苏轼、晏殊、杨万里、黄庭坚等都曾到过这里，或游历，或讲学，使得这座书院声名远播，闻名遐迩，成为当时江南的四大书院之一。胡仲尧是宋初一位颇有影响的教育家，由于办学成绩卓著，他曾先后两次得到宋太宗诏书旌表。我看到一些资料介绍说，仅宋一代，从华林胡氏一门走出的进士就达五十五名，官至刺史、尚书、宰相者不乏其人，尤其是宋端拱二年，胡家叔侄三人金榜题名，同登进士第，名震朝野。宋真宗为此还赋诗称赞："一门三刺史，四代五尚书。他族未闻有，朕今止见胡。"

　　在学校读书上古文课的时候，除了读李杜的诗，还会学到杨万里；除了学苏辛的词，还会读袁去华，以及阴幼遇的韵谱，宋应星的《天工开物》等。这些得到后人景仰，都与奉新有关的大家，他们对中国传统文化，甚至包含文史哲、琴棋书画等内容有着深刻的理解，具有丰厚的人文底蕴。因为是"底蕴"，所以它不张扬，往往隐含在各种事物之中，有如"春雨润物细无声"；因为是"人文"，所以它对一个人的道德修养有着极大的影响。作为一个具有人文底蕴的人，他的心智必将是豁达的，他的情感必将是纯净的，他的意志必将是经得起磨砺的。

　　在奉新，除了具有山水风物的独特意境之外，更多的还是传统文化酝酿出的淳厚从容的民俗风情。至此，对奉新自隋唐开科取士以来一百七十九人金榜题名的文化现象，也就不再难理解了。更不要说《明史》有传的明代太子太保、吏部尚书蔡国珍，《清史》有传的"强项令"、吏部尚书兼领兵部加太子太保甘汝来，封疆大吏许振祎，近代工商界奇才王德舆这些乡贤了。

又闻客家山歌声

　　"哎呀嘞——铜鼓石上咯铜鼓美哎，片片竹林连成海，天柱峰顶山水秀，翠绿绵绵映心扉，九龙湖，大塅水，太阳岭，大沩山，铜鼓客家人人情长，到处都是好客人，定江河畔花常开，盘山公路好风光，客家姑娘情似水，哥在他乡念着妹。九龙湖，大塅水，太阳岭，大沩山，铜鼓客家人人情长，农家包圆款四方。"一曲用客家方言演唱的铜鼓山歌，犹如天籁那样动听，即刻让人感受到铜鼓山水的秀美、铜鼓人民的淳朴与好客……

　　铜鼓，依湘傍鄂，因城东有一巨石，色如铜，形似鼓，击之有声而得名。相传当年许旌阳追斩蛟龙路过此地，石中有声，疑之为怪，挥剑劈之，不料一声巨响，巨石劈成两半，现身的并不是孽龙，而是从中飞出一对金鸡，这就是典故"铜鼓打不响，金鸡飞上天"的出处。而今的铜鼓石上面刻着"铜鼓石"三字，正楷竖书，字迹苍劲秀丽，周边还有许多包括明朝抗倭名将邓子龙在内的名人题词石刻。铜鼓在宋代属分宁县管辖，明代隶属宁州府。清朝嘉庆六年将宁州改为义宁州，正式设县已是民国年间的事了。境内群山起伏，沟壑纵横，地势险要，古有"吴楚咽喉，三省通衢"之称，为历代兵家必争之地。在铜鼓，山水文化与古村文化，耕读文化与宗教文化，红色文化与绿色文化，人类生活与自然环境相互交融，相映成趣。这里是一个山歌洋溢的地方。想要了解铜鼓，就要先了解它的歌，要了解铜鼓的歌，就要先了解生活在铜鼓的客家人。

早在唐宋时期，"本地人"就来铜鼓定居了。宋神宗时，苏东坡从黄州到筠州看望他的弟弟子由，路经铜鼓带溪，曾在胡安鼎家留宿。临别赠诗"我闻此间胡居士，陆浑家风今再觏"。而陆浑就是位于今河南嵩县东北的中原区域。胡家迁自陆浑，是不言而喻的了。其后世孙清乾隆举人胡乙灯还是著名的文学家，著有《楚辞新注求确》十二卷，《雾海随笔》至今收藏在北京图书馆。此外，三都镇西向村也发现了北宋进士罗公墓，他的族系后代遍布铜鼓，形成了"本地人"。晚于"本地人"来铜鼓定居的则被称为"客家人"。客家人的迁徙历程，是一曲充满着悲壮的山歌，一波三折。史料记载，东晋时期，五胡之乱，中原许多人因不堪战乱而大举南迁至广东、海南等地。明代嘉靖年间因避倭寇之乱，又从沿海地带迁至江西。康熙年间出现的"三藩叛乱"，又使得福建、广东、赣南的一批客家人因避战乱迁入铜鼓。

晚于本地人入迁的客家人，只能住在深山老林，开山垦田，面对残酷的社会现实，他们常常用山歌来抒情写意，由此铜鼓山歌得以逐渐兴盛。客家山歌以其原始古朴的风貌，展现了一种粗犷豪爽的"野味"，成为赣中艺术园中的一朵奇葩。形式多样的铜鼓客家山歌，映射着他们生活的点点滴滴，有反映困苦生活的劳作之歌，如"要崖（我）唱歌唱唔（不）成，有穿成苦瓜棚；结头打成千百只，油污刮得三斤零"；有反映爱情的缠绵之声，如"细妹送崖过山塘，塘里一对好鸳鸯；鸳鸯若唔成双对，前世烧了断头香"；有表达自己愉悦心情的喜悦之曲，如"崖老汉生来爱唱歌，一人唱来万人和，新人新事编歌唱，唱满九埂十八坡，唱得老汉乐呵呵"……我曾见过一位六十多岁的长者，一边拾柴一边悠闲惬意地唱着山歌，高亢动听，风趣淳朴。我禁不住上前询问歌名，他告诉我是随性而为，没有歌名。生活在这里的人唱歌大都是这样，即兴而作，张口能歌。我曾经以为即兴唱山歌这样的情景只有在电影《刘三姐》中才会有，原来铜鼓也有这样的山歌。淳朴美妙的山歌，传递着铜鼓客家人勤劳朴实、不屈不挠的性格。他们在这里用自己的智慧铸就了深厚的客家文化底蕴，传递着对美好生活的向往。这些脍炙人口的歌谣，至今仍在铜鼓传唱："铜鼓石桥十五里，濯水源头一万家。两只盐船河下走，一日不到冒盐吃。屋盖琉璃瓦，梁雕福字花。千根柱头落地，万盏明灯高挂。一里三渡口，两岸上千烟。一排铺子三十里，五里三庵一道院。东有东湖，西有西湖，中间有个仰天湖……"

在这里最惬意的事情莫过于坐上小竹排顺江而下游历大㘭水库了，在竹排上欣赏沿江美景的同时，听着竹排人的滩歌，感悟美好生活。一路上，滩歌时而高亢，时而低沉，唱着愉快，讲着辛劳，期待着安康，歌声和着拍子，在湖光山色中粼粼地闪烁。江边垂钓者手中的渔竿，随着钓者有力的臂膀划出美妙的弧线，泛起一道道浅浅的波纹，慢慢消失在水中。站在竹排上，远远地就能看到奇峰错落有致，犹如群臣朝觐的景观，人们叫它万笏朝天，十分形象贴切。还有矗立于大墩水库中间的天柱峰，享有"修河第一峰"的美誉。船靠岸，就可以拾级登上天柱峰，一路上鸟语花香，山腰间有一清泉涌出，清澈甘甜。来到峰顶，碧水万顷，湖光山色尽收眼底。

到了铜鼓，浓浓的客家风情扑面而来。铜鼓客家人的风味小吃丰富多样，"客人进门茶当先"，这是客家人流传已久的待客习俗。走进任何一家，你都能品尝到独特的客家"干子茶"，品尝到菓子包、包圆、撑酒、米果之类的佳品。浓郁独特的客家风情里，还蕴含着浓重的红色革命文化。铜鼓是著名的湘赣边界秋收起义前敌委员会指挥部所在地，铜鼓幽居曾是中共湘鄂赣省委、省苏维埃政府和省军区所在地，这里留下了毛泽东、彭德怀、滕代远、黄公略、罗荣桓、宋任穷等老一辈革命家的光辉足迹；这里染满了为建立新中国牺牲的两万多革命烈士的鲜血；这里还见证了中国革命的历史。

踏进铜鼓又听到这久唱不衰、美妙动听的客家山歌，连同那秀美山水、淳朴民风一起，让人永远定格在美丽的记忆画板上。

竹乡漫话

离开工作过的宜丰心底总有一种眷恋，尤其是那满山遍野、堆青叠翠的竹林更是让人难以忘怀。

那绵延数十万亩的竹林日出有清荫，月照有清影，风吹有清音，雨打有清韵，风情百态，极具韵味。在这个竹的世界里，种类繁多，形态各异。看那罗汉竹，道骨仙风；人面竹，节鼓若脸；四方竹，棱角峥峥；实心竹，肉厚心小。还有那枝杆挺拔的刚竹，乌黑透亮的紫竹，清癯质朴的苦竹，雍容华贵的桂竹，以及箬竹、凉竹、雷竹等等，其中尤以黄金竹为最，有"竹类标王"之称。竹林里的那一份宁静，那一份幽深，那一份闲适，只有走进过这里的人才能体会。

竹子寓意高雅，古今庭园几乎无园不竹，居而有竹则幽簧拂窗，清气满院；竹影婆娑，姿态入画，碧叶经冬不凋，清秀而又潇洒。古往今来，"不可一日无此君"已成了众多文人雅士的偏好。

晋代大书法家王羲之有个儿子叫王徽之，出了名地爱竹，史书记载他曾"暂寄人空宅住，使令种竹。或问暂住何烦尔？啸咏良久，直指竹曰：何可一日无此君"，是竹子名副其实的知音。还有被称为"扬州八怪"之一的郑板桥，特别喜爱和擅长画竹，他题于竹画的诗也数以百计，丰富多彩，独领风骚。他的《竹石》图高度赞扬竹子不畏逆境、蒸蒸日上的秉性，他在画眉上题下的"咬定青山不放松，立根原在破岩中。千磨万难还坚劲，任尔东南西北风"，被认为是最懂得竹子的人。在长期的生产实践和文化活动中，人们把竹子形态特征总结成了一种做人的精神风貌，是虚心、有节的象征。在中国革命史上，先辈们在艰苦卓绝的腥风血雨中往往都以竹题诗作画自勉。方志敏烈士生前曾自撰"心有三爱奇书骏马佳山水，园栽四物青松翠竹白梅兰"对联挂于卧室，他的儿女也以松、竹、梅、兰命名，足见竹子在他心中的地位。他那"雪压竹头低，低下欲沾泥。一轮红日升，依旧与天齐"的诗句，充满了革命者的凛然大义，气贯长虹。

竹子的内涵已经形成了一种人的品格、禀赋和精神象征。竹与宜丰人的生活融于一体，古往今来，他们把竹文化里宁折不弯、高风亮节的底蕴展示得淋漓尽致。作为宜丰的乡贤，东晋时期的陶渊明，因其"不为五斗米而折腰"的气节不知激励感动了多少人，受到后人的敬仰。大文豪孟浩然就说过"赏读《高士传》，最佳陶征君"这样的话，陶征君就是陶渊明。鲁迅先生也曾说过"陶潜正因为并非浑身是'静穆'，所以他伟大"。我国历史上的民族英雄岳飞，当年在宜丰境内大败金兵。我党早期无产阶级革命家熊雄，被捕后在狱中经常鼓舞难友，就义前仍高呼"中国共产党万岁"。其伟大的气节、坚贞不屈的革命精神，深受人们敬佩，聂荣臻元帅曾亲笔写下"熊雄烈士永远活在我们心中"的条幅，以缅怀其辉同日月的伟大生平。

竹子还与佛教有关，这是我到了这里工作以后知道的。在佛家眼里，竹子的洁身自处、傲然独立品格，与佛教所主张的出世人格天然相契合，与佛教信徒们不受尘世污染的愿望完全相一致，在虔诚的佛教徒眼中，佛就是竹，竹就是佛，竹被视为佛教的完美象征。据说释迦牟尼得道后就居住在迦陵的竹园中度诸生民，迦陵归佛后即以竹园奉佛立精舍，人们平常说到的"竹林精舍"就源于此，是如来佛说法的地方，后来成为古天竺的五大精舍之一。如今北京的潭柘寺历史上就曾经叫过"竹林禅寺"这样的名字，想来可能与此有关。佛教对竹子的崇奉，紫竹为最，历来有"紫竹林下修正果"的说法，"紫竹林"也是观音寺庙的代称。禅宗法脉在六祖之后一花开五叶，有三叶飘落在宜春。作为宜春下辖的一个县，宜丰境内的洞山、黄檗山、五峰山被称为"释家三大祖庭"，形成了蔚为壮观的禅林竹海。

竹子生长快，适应性强，同时又具有广泛的用途，对于人类社会的进步与发展做出了重要贡献。已经有了一千八百余年历史的天宝村，就曾以"四周竹城墙，四季马蹄香"饮誉江南，鼎盛时以三街六市、内外八景、六门十三第、四十八条巷、四十八口井著称。

当初支撑它兴旺发达的一个原因，据说就是居住在这里的先民们在生产生活中善于用竹。造纸，就是他们利用竹子的一项重大成果，极大地推动了这里生产力的大发展，大繁荣。今天生活在这里的许多人，还能熟练地用削竹刀破竹、开篾、拉青，编织出许多精巧的竹制品。作为一座江南历史文化名村，除了至今仍保存有二十多座有五百年以上历史的古祠堂、一百二十余幢明清古建筑外，附近还有始建于"五四"新文化运动之年的现代职业学校——培根职业学校，从有限的资料中我们依然可以看到，当年学校围绕着竹子的培育开发和利用设置课程，教学相长，脑手并重，身体力行，使得学校声名远播。今天人们来到天宝古村，漫步麻石铺就的街巷，站在这些青砖老屋前欣赏着巧夺天工的刚劲斗拱，端详着栩栩如生的门窗木雕，还有那些饱经风霜的旗杆石、下马石，几许陈旧风物，让这座古老村落平添了许多不尽的诗意。史料记载，天宝古村自隋唐科举以来共走出了十名进士、八十七名文武举人，远近闻名，同时这里还是谋略大师刘伯温的故乡。

作为竹乡，位于县城南屏公园内的竹种园为赣中独一无二的珍稀竹种标本园，堪称中国竹乡名园。它以南屏山为依托，前临清清耶溪，后枕郁郁翠峰，巧妙施以现代园林布局。当人们有闲情逸致漫步于青青翠竹之下时，自然会想到竹子虽无牡丹之富丽，松柏之伟岸，桃李之娇艳，但它却具有不畏逆境、高风亮节的品格。这是一种取之不尽的精神财富，这也正是宜丰这座古老而又年轻城市的魅力所在。

剑邑随笔

　　"剑邑"是丰城的别称。初到这座城市工作时，我便留意到不少建筑物和地名都含有一个"剑"字，有些地方干脆就以它为名，譬如"剑光街道""剑南街道"。因了这剑邑文化的滋养熏陶，丰城人敢于担当的行事风格也就有了几分剑客古风。

　　丰城"剑邑"之称的由来，《晋书·张华传》有记载，相传在晋永平年间，牛、斗二星之间常有紫气照射，据说是宝剑之精，上彻于天。张华命人寻找，后来丰城县令雷焕果然在丰城牢狱地基下，掘出了龙泉、太阿二剑。"初唐四杰"之一王勃的《滕王阁序》中的名句"物华天宝，龙光射牛斗之墟"，说的就是这里的事。李白在《丰城剑》（《古风》之一）中写道："宝剑双蛟龙，雪夜照芙蓉。精光射天地，雷腾不可冲。一去别金匣，飞沉失相从。风胡灭已久，所以潜其峰。吴水深万丈，楚山邈千重。雌雄终不隔，神物会相逢。"关于丰城宝剑的诗词应当是不胜枚举，但

只这一首，便足以勾起人们对宝剑的神往。剑池、剑匣亭便是与龙
泉、太阿雌雄双剑联系最为紧密的两个去处。

剑池是宝剑的母体。位于丰城荣塘镇荣塘中学校园内的这个大
约一亩左右水面的半月形水池，就是剑文化的源头。初见剑池，特
别是在夜幕降临时，一弯秀月映在池中，清风荡漾，看似剑影刀
光，又如龙甲片片，令人浮想联翩。剑池之南的龙光书院，有近千
年的历史，最初只是义学，后来规模办大了，宋高宗赵构钦赐"龙
光书院"，与当时庐山的白鹿洞书院齐名。南宋理学大家朱熹在此
讲学期间还写过一首称赞龙光书院的诗，诗是这样写的："一道荣
光带碧山，天风吹雨度云关。树浮空翠名村坞，泉落飞虹泻石湾。
赤岭豹栖朝气隐，剑潭龙起夜光寒。咿唔何处经年韵，多在湖东乔
木间。"朱熹能在此读书治学、教化民众，对当时的人来说实在
是件很幸运的事情。其实丰城有名的书院还有好几家，罗山书院堪
称丰城书院文化的代表。据最新发现的史料记载，罗山书院建于
公元771年，比此前学界广泛认同的"全国最早的私家书院"——
创立于公元814年的高安桂岩书院要早四十三年，比号称"中国
最早的私立大学"——创立于公元890年的德安东佳书院更早了
一百一十九年。老城区桂山坊还有一所桂山书院，也是书香浓郁，
历史悠久。唐代状元王季友、元代文史学家揭傒斯、现代戏剧泰斗
熊佛西、《辞海》主编夏征农都与它有关。尤为值得一提的，是江
南高士徐孺子。他自幼家境贫寒，但好学勤耕，熟读经典著作，学
问渊博，见识深远，被时人称为"南州高士"，向他求学者络绎不

绝。当时豫章太守陈蕃就非常敬佩徐孺子的才学，喜欢与他畅谈，一聊起来就到半夜。为此陈太守专门准备床榻供徐孺子留宿，徐孺子一走，陈蕃便将榻悬挂起来。徐孺子待人谦和，品德高尚，深受乡邻敬仰。徐孺子谢世后葬于南昌市郊，其墓为省重点文物保护单位。南昌市区的孺子路、孺子亭公园、孺子亭均以他命名，他的老家隐溪村，也是因为他在此隐居不仕而得名。

剑匣亭位于市区东部沙湖公园内。亭为八角形，古色古香，亭内中心放置的"石匣"，中开凹槽形以容纳宝剑。亭前上额有一青石，镌刻有"剑匣亭"三字横匾，旁边并立一对石柱，镌刻有"遗匣犹存怀故土，化龙今且伏何方"的对联，笔墨劲秀，寓意含蓄。在剑匣后面的正墙上，有一青石板篆刻的亭碑嵌于其内，记载的正是雷焕为丰城县令时掘狱基得剑的故事及剑匣由来等内容。至于龙泉、太阿二剑为何会被深埋丰城，则要追溯到更久远的历史。相传春秋时期，越国铸剑大师欧冶子曾为楚王铸了龙泉、太阿、工布三把名剑。秦统一六国以后，龙泉、太阿二剑历经辗转，为秦始皇所得，作为宝物时时带在身边。一次秦始皇出巡全国，乘船行至鄱阳湖时，突遇风浪，惊涛拍船，十分危险。有随从大臣说，这是从赣江支流丰水来的水妖兴风作浪，惊扰了圣驾。秦始皇听后，命人将龙泉、太阿两把宝剑埋于丰水源头压邪镇妖。这个说法听起来似乎有些荒诞，却有诗为证："秦帝南巡厌火精，苍黄埋剑故丰城。霸图缭戾金龙蛰，坤道扶摇紫气生。""神物不复见，其气尤长存"。龙泉、太阿两把宝剑不见踪迹，剑气却长留丰城，凝聚成丰城人对正义的向往、对尊严的追求和对恩爱团圆的期待。丰城人以剑为图腾——坐落于丰水湖畔的和合塔以磅礴之势糅合中西之情，如剑般直冲云霄；横跨赣江的剑邑大桥，如玉龙飞架，双剑凌空，它们展现出的正是丰城人民敢于创新、敢为人先的剑邑精神。

谈剑文化以及剑邑精神，自然要提及丰城籍抗倭名将邓子龙以及奥运会冠军杨文军了。邓子龙既有儒将之风，更有为国分忧、为民解难的侠勇之气，其所处的时代，正是明朝内忧外患、由盛转衰的历史时期。当时中国沿海饱受日本倭寇和海盗的侵扰，人民的生命财产遭受到严重损失。戎马倥偬中的邓子龙毅然投身轰轰烈烈的抗倭斗争中，率领赣鄱子弟进驻福建泉州一带，英勇抗击倭寇达十余年，此间他转战福建、广东沿海，大小数百战，屡立战功。曾在世界第28、29两届奥运会上勇夺双人皮划艇冠军的杨文军，更是在剑文化熏陶下成长起来的时代骄子。按照丰城本地风俗，男孩子长大后都要举行一个成人仪式——"接标"，实际上就是划龙舟。杨文军在读初中的时候就大胆地登上龙舟，依靠他的神奇臂力一鸣惊人，小小年纪就成了丰城有名的桨手。后来，杨文军被选入国家队，在奥运赛场披荆斩棘，勇夺桂冠。

无论是客居丰城，还是匆匆过客，只要你踏上这片热土，便会被这座城市所蕴含的剑邑文化所吸引。它已经融入了丰城人的血脉之中，柔韧与刚劲并蓄，锋芒与内敛兼容，以洒脱不羁的形态在每一个丰城人的性格中腾挪跳跃，并在人生的悲喜剧目中上演着一出出至真至善的感人之歌。前几年发生在海南的丰城父子勇救落水少年的壮举，便再次见证了丰城人的见义勇为，重情重义。2010年的5月，海南省东方市三名少年被大浪卷进海里，危在旦夕，一对从丰城走出去的农民工父子蔡明飞、蔡杜怡，面对生与死的考验，挺身而出，毫不犹豫地跳进大海，成功救出两名落水少年后，未留姓名就悄然离去。后来面对记者的采访，父子两人说得最多的话就是"当时只是做了应该做的事"。最是质朴无华的语言，最能直入心灵深处，叩开高尚的灵魂殿堂，他们不计名利、不顾个人安危奋勇救人的义举感动了海南岛，也感动了许许多多善良的人。

离开丰城虽有些年头，但这座城市的发展变化一直吸引着我对她频频"点赞"。重情重义的丰城人，正在这片美丽富饶的大地上书写着剑邑传奇的新篇章。

有一种生活叫靖安

　　住白云深处看参天古木，游宝峰禅寺听袅袅梵音，品淡淡茶香泡九岭温泉，观东周古墓忆千年乡愁，有一种生活叫靖安。作为一代廉吏况钟的故里，靖安县的生态环境近年来小有名气，前来旅游观光、休闲度假、投资兴业的人莫不赞叹。然而，更让人难以忘怀的却是当地的民俗风情、生活文化以及人文景观。

　　靖安地处中亚热带湿润气候带，是中国唯一的娃娃鱼之乡、中国椪柑之乡，这里盛产白茶，前些年在中国国际茶业博览会上还获得过金奖。靖安白茶因其满叶披毫，如银似雪而得名，冲泡后的靖安白茶，汤色鹅黄，清澈明亮，禁不住就会让人生发出一种既清且净的感觉。细细啜饮一杯香茗，给人的感觉是一种微微苦过之后的淡淡甘甜，一种苦后回甘，苦中有甘的味道。许多人或许都有这样一种体会，忙碌之余如能捧茶细啜慢饮，不仅仅在于消烦解渴，还有一种神思遐想的情趣，一种美的享受。来到这里的人，当他们停下自己匆匆或是疲惫的脚步捧起一杯当地产的白茶，那氤氲热气伴着淡淡馨香便会扑面而来，一种满足和惬意就这样瞬间被雕刻成了一段美好时光。

在靖安，人们还有"茶禅一味"的说法。靖安产茶历史悠久，茶文化源远流长，境内的宝峰禅寺香火鼎盛，为佛门净地，这种契合在一定程度上也印证了上述说法。禅宗自达摩以来，以六祖慧能为代表，奠定了中国禅宗本土化的基础。公元785年，马祖道一率弟子来到宝峰寺创建丛林，发展庙产，使僧人可以自给自足。同时道一还根据六祖慧能的主张，提倡心性本静，佛性本有，觉悟不假求外，宣扬"自心是佛"。在日常的生活当中，禅宗还往往以茶喻禅，把饮茶这件事看成是悟道的契机，是妙传心印的一种有效载体。茶道讲究的是一个"静"字，由"身静"达到"心静"。禅主张人们通过静虑，从微不足道的平凡生活中去感悟宇宙的奥秘和人生的哲理，进而进入到一种涤除凡尘的境界。在这其中，禅茶二者都特别主张强调"放下"，放下繁杂事务，放下烦躁心境。人们喜欢茶，更多的我想还是在于茶本身的谦静与平和，喜欢饮茶时的心境，喜欢茶里蕴含的那种深邃悠远而又清香的"禅味"。"佛法存于茶汤"，茶与禅，味味一味，茶意即禅意，不知禅味，也就很难说得上茶味了。

其实在靖安不仅是茶禅一味，民俗文化中的香花和尚舞也充满了浓浓的禅味。这是一种按照庙里的经卷、程序仪轨在乡村客家人中间流行的一项法事。做法事的时候，中间会不时地穿插一些具有观赏性的舞蹈，人们习惯称呼主持这项法事的和尚叫"乡"花和尚，因为"乡""香"谐音，后来就称之为"香花和尚"了。这些"和尚"生活在民间，不受寺庙的约束，可以遍游天下，不戒荤腥，可以成家立业，既有法号又有俗名。这些看似带有浓厚宗教和民俗色彩的乡间法事活动，通过一个个故事的表现形式，向人们阐述善恶忠贞，阐述为人处世的道理，代表了一个时期的地方文化。其中，带有传奇色彩的舞蹈《锡杖花》就比较典型。《锡杖花》又叫《破地狱》，是和尚做法事时舞弄锡杖时的一组舞蹈动作，来源于在民间流传的"目连救母"的传说。如今"香花和尚舞"已经被列入江西省非物质文化遗产名录，属于人类一笔宝贵的文化遗产。

靖安山好水好，是名副其实的水木清华之地，在丰厚历史文化积淀的影响下，这里处处洋溢着一种浓厚的诗词文化，被誉为"中华诗词之乡"。走进靖安的人都能分明感受到，这里的人大多喜欢诗，会吟诗，会作诗。在一些乡镇，不论是白发苍苍的八旬老翁，还是牙牙学语的学生幼童，不论是众望所归的诗坛前辈，还是田头劳作的农夫村姑，赋诗填词蔚然成风。上世纪八十年代，这里还成立了我省最早的县级诗社，乡镇均有分社，每年的谷雨、重阳节组织诗社社员开展写诗、吟诗比赛活动，群众性诗词创作活动，有"忙时挥锄栽稻菽，闲时命笔写诗篇"之说，为靖安形成了一种独特的地域文化。

说到靖安的地域文化，生活在双溪镇木门楼里的舒梦兰称得上是一位代表人物。这位清朝乾隆年间的大学者应试落第后在家乡闭门谢客，穷究理学，将唐朝到清朝词作中那些传诵不衰、思想性艺术性俱佳的小令、中调、长调，不分婉约豪放派别，一律兼收并蓄，为便于初学者，他对每调还详细列注平仄韵读，编成了一部《白香词谱》。这是一部简明扼要、浅显易懂的词学入门书，书中共收录了一百首名家词、一百种常用词调、一百种词的格律。人们只要通过熟读把它背出来，再去读其他唐宋元明清的诸家词作，不仅可以迅速准确断句和领会意境，而且还可以信手拈来，填出应景之作，这部书实际上已成为一部颇为流行的普及性词谱且流传至今，当时的读书人说起《白香词谱》这部书，没有一个不知道的。因其简便易学，示范性强，终身受用，至今仍然风行。叶圣陶、夏丏尊合著的《文心》里曾向当时的中学生推荐过它，陈毅大元帅在《荣宝斋画谱》序文里也说起过它，并把它与《唐诗三百首》相提并论。可见舒梦兰和他的《白香词谱》在中国文学史上的地位。曾经有人说，如果中国的科举考试除了考八股文和五言八韵之外，还要考填词的话，这部《白香词谱》肯定也会与《千家诗》《唐诗三百首》一样大行于世。

前些年，在水口乡一个叫李洲坳的地方发现一座东周古墓，震惊了全国考古界，县里为此还专门在这里建起了博物馆。墓葬一坑多棺，四十七具棺木排列成阵，十分罕见，李洲坳东周古墓也被列入年度全国十大考古新发现。那些从墓葬中出土的棺木、竹木器、漆器、玉器、青铜器、原始青瓷器、金器、金属器等文物，从实证上说明靖安这方水土自古就是"江南佳丽之地，文物昌盛之邦"。

还有那些出土的织锦及服饰，在一定程度上改写了中国纺织织造史。墓葬中保存的大量人类遗骸，为先秦时期南方地区体质人类学研究提供了重要标尺。"一坑多棺"型墓葬是我国目前发现的时代最早、埋葬棺木最多、结构最为奇特的墓葬，代表了既具有越人风格又受到楚文化影响的新型青铜文化。墓葬及其出土文物填补了多项国内考古空白，成为靖安地域文化的又一个亮点。

靖安古老文化的代表还有仁首镇，那里有很多古老的乡村，至今仍保存有不少比较完整的古代建筑，水垅村便是其中很具代表性的一个。这里的天井，牛、马、麒麟、凤凰、鲜果等雕刻生动传神，每一块青石都是一件艺术珍品。里面的壁画，花鸟虫草栩栩如生，清晰可见，仔细观摩，不禁为古人的雕刻技艺所折服。

记得一位会写诗的朋友曾经说过："这天这云这山这水这宅这人，正是我梦中常见的景象。"在纷纷扰扰的快节奏生活下走进靖安，仿佛就走进了一种意境，一种回归自然、轻松和谐的意境，张弛有度，劳逸结合。让人在拥有一个快乐健康心态的同时，还拥有一份对人生高度自信的生活态度。这里的生活，也许就是人们所向往的那种"靖安"。

后　记

收录在这个集子里的散文，是我近来陆陆续续写下来的习作，其中涉及的风土人情，均与我们宜春人文有关。

宜春是我的家乡，除在外地求学短暂离开过一段时间外，我一直在这1.87万平方公里的大地上生活、学习和工作。时光静好，岁月荏苒。作为土生土长的宜春人，将自己对家乡古韵遗风、厚重人文的感受记录下来和大家分享，借以表达我对祖国传统文化以及家乡这片山水的深深敬重。

宜春是个好地方，正如我们向客人介绍市情所归纳的那样，"宜春有十好"。首先，有一个好名字。四时咸宜，其气如春，是一座宜居城市，有"一年四季在宜春"之说。第二，有一句好话。"初唐四杰"之一王勃在他的《滕王阁序》中有一千古名句，"物华天宝，龙光射牛斗之墟，人杰地灵，徐孺下陈蕃之榻"，这其中描述的人和事，都在我们宜春。我们宜春境内，拥有包括国家级文物保护单位筑卫城遗址、吴城遗址、东周古墓和华林造纸作坊在内的文化遗址400余处，陶渊明、徐孺子、郑谷、况钟、宋应星、邓子龙、熊雄、吴有训、龙榆生等历史名人均出自宜春，韩愈、苏轼、王安石、黄庭坚、朱熹、陆游等文化大家都在宜春留下过瑰丽诗篇。现在许多地方都在说"物华天宝，人杰地灵"，殊不知它的出处是特指我们宜春这方热土。第三，有一部好书。这部好书就是明代科学家、奉新县乡贤宋应星的《天工开物》，在世界上享有盛誉。因为它是世界上第一部关于农业和手工业生产的综合性著作，被誉为"中国17世纪的工艺百科全书"。第四，有一出好戏。这出好戏叫高安采茶戏，语言通俗质朴、唱腔淳婉清越，是江西的四大地方剧种之一。第五，有一炷好香。宜春宗教文化源远流长，是中国佛教"禅林清规"的发祥地，禅宗"一花开五叶"，其中的曹洞、临济、沩仰三宗均发祥于宜春。第六，有一眼好泉。位于城郊明月山下的含硒温泉，无色无味，可饮可浴，在全球独一无二。第七，有一股好风。这股好风指的是好学风。历史上的宜春"家家生计只琴书，一郡清风似鲁儒"，江西的第一个、第二个文科状元卢肇、易重都出自宜春，崇文重教的传统一脉相承，沿袭至今。第八，有一杯好酒，荣获"中国驰名商标"称号的四特酒，清香醇纯，回味无穷，古往今来莫不为人所称道。第九，有一方好人。唐朝大文学家韩愈曾在宜春担任刺史，他的诗句"莫以宜春远，江山多胜游"至今被人们所传诵。秋收起义、湘鄂赣革命根据地创建等重大红色历史事件均发生在宜春。如今的宜春儿女仍然秉承优良传统，扎实肯干，开拓进取，数百名宜春人登上了中央文明办的"中国好人榜"，上榜人数位居全国设区市前列。上述的诸多"好"构筑起590万宜春人民的共同精神家园，形成了一股好的发展势头，这就是我们宜春的第十好。凭借这股好势头，风清气正的宜春正在朝着打造中部地区最佳宜居城市这一目标阔步迈进。其实，青山绿水、人文荟萃的宜春何止这十好，这里更多的只是在取"十全十美"的美好寓意而已。生活在这片美丽富饶土地上的人们，无不对此感到荣幸与自豪！

本集共收录散文32篇，分为"风""雅""颂"三个部分，力图通过对宜春历史人物的解构、人文景观的发掘以及风土人情的回望，尽可能地展示我们宜春源远流长的厚重历史文化。和它的写作技巧一样，受作者个人学识素养所限，文中的思想性、艺术性均有待进一步提高，请读者批评指正！

在本书的写作过程中，得到了许多同志的热情帮助，百花洲文艺出版社社长姚雪雪、责任编辑胡青松在本书出版过程中给予了大力支持，谨此一并表示感谢！

舒建勋

2016年5月于宜春

图书在版编目（CIP）数据

莫以宜春远 / 舒建勋著. -- 南昌：百花洲文艺出版社, 2016.7
ISBN 978-7-5500-1835-8

Ⅰ.①莫… Ⅱ.①舒… Ⅲ.①散文集 – 中国 – 当代 Ⅳ.①I267

中国版本图书馆CIP数据核字（2016）第160195号

莫以宜春远

舒建勋　著

出 版 人　　姚雪雪
责任编辑　　胡青松
美术编辑　　彭　威
制　　作　　何　丹
出版发行　　百花洲文艺出版社
社　　址　　南昌市红谷滩新区世贸路898号博能中心20楼
邮　　编　　330038
经　　销　　全国新华书店
印　　刷　　江西千叶彩印有限公司
开　　本　　850mm×1168mm　1/16　　印张　11.5
版　　次　　2016年9月第1版第1次印刷
字　　数　　150千字
书　　号　　ISBN 978-7-5500-1835-8
定　　价　　32.00元

赣版权登字　　05-2016-218

邮购联系　　0791-86895108
网　　址　　http://www.bhzwy.com
图书若有印装错误，影响阅读，可向承印厂联系调换。